平安貴族の和歌に込めた思い

菅原道真・藤原道長・紫式部・清少納言・
白河天皇・源頼政・慈円・土御門通親

今井雅晴

まえがき

本書は平安時代の貴族たち、および平安時代から鎌倉時代にかけて活躍した貴族たちが、いかに自分の思いを和歌に込めたかを探ったものです。

現在に残る和歌には二種類あります。純粋に自分の思いを込めて詠んだ和歌。それから社交の手段として、自分の思いとは無関係に、上手に詠もうとして詠んだ和歌。平安時代から鎌倉時代には「歌合（うたあわせ）」という和歌の会がしきりに行なわれました。これは勝手に詠み合うのではなく、歌の題すなわち歌題（かだい）を与えられて詠むことが多かったのです。これを題詠（だいえい）といいます。その歌題に合わせた内容のできばえを競ったということです。

また日常的な交流の中で、あるいは宴会などの席で気軽に詠まれ、そのまま記録されずに捨てられたことも多かったようです。これを詠み捨てといいます。本書の趣旨から言えば、この詠み捨てこそ貴重な史料です。本書第二項の藤原道長（ふじわらのみちなが）が詠んだとして今日にもよく知られている「満月の歌」は、実はこの詠み捨てであるべき和歌だったのです。

平安時代の貴族が自分の思いを文章にして残すことは少なかったのです。日記を書く貴族もいましたが、日記は子どもや孫に朝廷での活動の仕方を教えるのが目的で書かれたのです。現代の日記とは書く目的が異なります。

そこで貴族たちが詠んだ和歌から彼らの思いを探れないでしょうか。題詠の中からも何か探りたいものです。今までこの試みはあまり行なわれていませんでした。歴史学研究を専門にしている筆者は、特にそのように思います。

歴史学研究は過去の正確な事実を掘り起こすことに重点が置かれてきました。それが必要なことはもちろんですが、その上で、その時代に生きた人々が何を思い、どのように生きたか、それを追究するのもさらに重要なことではないでしょうか。それは今日に生きる私たちに重要な導きを与えてくれるでしょう。

またそれによって現代まで書かれている歴史書の内容に見直す部分も出てくるのではないかと考えています。

本書は以上の観点から書いたものです。

貴族八人を検討の対象にしました。そして、それぞれ、次のように副題をつけて話を展開させてあります。

1、菅原道真――政界に進出して失敗した大学者――
2、藤原道長――「満月の歌」の真の政治的意図――
3、紫 式部――『源氏物語』の作者の思い――
4、清少納言――『枕 草子』と苦しかった経済生活――
5、白河天皇――院政を始め、貴族との融和に尽力――
6、源 頼政――優れた武将、と今まで錯覚されてきた――
7、慈円――歌を詠むのは私の癖と了解を求める――
8、土御門通親――源博陸（関白）と称された大政治家――

なお「貴族」とは、本来、位が一位から五位までの者のことです。その下の六位から八位までとその下の初位の者は「貴族」とは呼ばれませんでした。しかし本書では位を有する者とその家族全員を「貴族」の中に入れることにしました。そして一位から三位までを上級貴族、四位から五位を中級貴族、それ以下を下級貴族としました

（それぞれの家族も含めて）。さらに詳しいことは、本書中の内容に関わりがあるところで説明を加えてあります。

また、それぞれの項について、手に取りやすい、しかも深い内容の参考文献を文中にあげてあります。出版年が多少古い本もありますが、それぞれの人物について広く史料を集めていて有益な文献です。

本書は、拙著『鎌倉時代の和歌に託した心』（自照社、二〇二一年）・『鎌倉時代の和歌に託した心　続』（同、二〇二二年）・『鎌倉時代の和歌に託した心　続々』（同、二〇二三年）の新たな続編でもあります。

二〇二三年九月

今井雅晴

◇目　次◇

平安貴族の和歌に込めた思い

2 藤原道長 ～「満月の和歌」の真の政治的意図～

3 紫式部～『源氏物語』の作者の思い～

5　白河天皇～院政を始め、貴族との融和に尽力～

6 源頼政～優れた武将、と今まで錯覚されてきた～

7 慈円 ～和歌を詠むのは私の癖と了解を求める～

8 土御門通親 ～源博陸（関白）と称された大政治家～

カバーデザイン・イラスト　村井千晴

1　菅原道真

～政界に進出して失敗した大学者～

★菅原道真関係系図

菅原清公――是善――**道真**

島田忠臣――宣来子

（**道真**＝宣来子）

はじめに

菅原道真は平安時代前期の承和十二年（八四五）に生まれました。彼は漢文学の大学者として名をなした人です。若くして頭角を現わし、その分野で朝廷のもっとも重要な職である文章博士に任命されています。他に式部少輔などいくつかの官職も歴任しています。

当時は藤原氏が朝廷の中で勢力を発展させつつある時代でした。その中で、藤原氏でない道真は文学のほか政治にも意欲があり、また能力もありました。四十代の後半に当たる寛平二年（八九〇）以降、宇多天皇の強い信任を得て政治面で活躍しました。そして天皇の秘書室長ともいうべき蔵人頭に任命され、翌年の寛平三年には参議にも就任しました。

参議は、国の政治を相談する公卿と呼ばれるグループ（議政官）の一員で、太政大臣・左大臣・右大臣・大納言・中納言に続く職です。この参議にはかつて父の是善も任命されましたので、父と同じ地位まで昇進できたということになります。

次の醍醐天皇の時代の昌泰二年（八九九）、藤原時平が左大臣に任命された時、道真も右大臣に任命されています。道真は父を超え、時平とともに二人で朝廷政治を動かすまでに至ったのです。

しかし二年後の昌泰四年（九〇一）、突然、道真は大宰権帥に左遷されて九州へ送られてしまいました（坂本太郎『菅原道真』吉川弘文館人物叢書、一九八九年）。大宰府というのは、九州筑前国にある、中国等との外交に当たる役所です。その長官が帥です。権帥というのは形式的なもう一人の長官で、特に仕事はありません。中央政界で張り切っていた道真にすれば、九州に送られる、すなわち流されるというのはとても無念なことでした。

流されるというので家を出る時、梅の木を見て詠んだ和歌が有名です。そして道真は二年後の延喜三年（九〇三）、大宰府で亡くなってしまいました。

死後、道真は恨みを飲んで亡くなった結果、怨霊になったと噂されました。それを恐れた後世の人々が道真を神に祭り上げ、天満大自在天神と称して崇めました。現在、各地にその末社である天満天神社が一万二千社もあります。この神社は、道真にあやかって、学問がよくできるようにと祈る神社として知られています。入学試験の時期には多くの合格祈願の受験生の姿が見られます。

道真が大宰府に流されたのは、その勢力増大に危機感を抱いた藤原時平の陰謀によるとされることが多いのですが、実際のところ二人は仲がよかったのです。この説は事実ではないようです（所功『菅原道真の実像』臨川書店、二〇〇二年）。

また大宰府に出発するために家を出る時詠んだのは梅の花のことだけではなく、桜の花についても詠んだとする和歌も残っています。以下、和歌を手掛かりにしながら菅原道真の思いを探っていきます。

(1) 菅原道真の誕生と勉学

学問の家に生まれる

道真は、平安時代前期の承和十二年（八四五）、菅原是善の息子として生まれました。菅原氏は中級の上程度の貴族で、学問の家柄でした。そして是善は学問に特に優れているとして知られており、三十五歳の時には文章博士となっています。

文章博士は、貴族の若者の教育機関である大学寮（だいがくりょう）の漢文学の教授です。この漢文学とは、正確には中国の歴史・文学そして儒学を意味しています。定員は二名です。大学寮には、他にも数学を教える教授である算博士（さんはかせ）、暦を教える暦博士（れきはかせ）など、数種類の専門の博士たちがいました。全体を統率する、現代で言えば大学学長に当たるのが大学頭(だいがくのかみ)です。そして是善はこの大学頭にも任命されています。そして最後には参議・従三位(じゅさんみ)となって上級貴族の仲間入りまで果たしています。

五歳の時と伝えられる和歌

このような父のもとで勉学に励んだ道真は、子どもの時から聡明(そうめい)さを示しました。漢文学だけではなく、和歌を詠むことにも優れていたといいます。次に示すのは道真がわずか五歳の時に詠んだとして、各地の天満天神社に伝えられている和歌です。和歌中、「阿呼(あこ)」というのは、本来は「我が子」「愛(いと)しい子」という意味ですが、道真に関してはその幼名であったとされています。

美しや　紅(べに)の色なる　梅の花
　阿呼がほほにも　つけたくぞある

「紅色の梅の花はとてもきれいだ。私の頬にもつけたいよ」。

ただ、平安時代に和歌を詠むのは難しくはなかったはずです。当時の日常的に使われている言葉を五音・七音・五音・七音・七音に区切ってまとめればできあがるのですから。現代に文語で詠むのとはわけが違います。周囲の者に指導してもらえば、五歳の子どもでもかなり楽に詠めたでしょう。それが詠み捨てでほとんど残っていないだけという面もあるでしょう。

貴族の六歳からの教育

当時の貴族の男子は、六歳になると教育を受け始めました。そのころは数え年ですので、現在ですと満四歳か五歳、すなわち幼稚園か保育園の年中さんか年長さんです。この年齢になると、よく学問ができる若者などに来てもらって教育してもらうのです。

教育の内容は、漢文のひたすらなる音読と暗記です。そんな幼児に漢文の音読？　暗記？　大変じゃないかと現代人は思ってしまいます。しかし私たちの周囲の幼稚園生・保育園生は普通に日本語を話せますよね。言葉を覚えるのは、よけいな知識のない、「この言葉の意味はなんだ？」などと小難（こむずか）しく考えない年齢の時が適しているのだそうです。漢文も外国語ですから同じことです。

十一歳の時の漢詩

この教育の中で数年後、斉衡（さいこう）二年（八五五）、道真十一歳の時に父の是善は島田忠臣（しまだただおみ）という貴族に漢詩の指導を依頼しました。忠臣は是善の後輩で、やはり漢学者として知られていました。

忠臣の指導の下に道真が初めて作った漢詩が以下に示すものです。道真の漢詩集

『菅家文草』の最初に載せられています。題に「月夜に梅華を見る」とあります。文中、「金鏡」とは月のことで、月を輝く鏡にたとえたのです。「憐れむ可し」とは、「すばらしい！」と感動した気持ちを示しています。

月耀如晴雪　月の耀きは、晴れたる雪の如く、
梅花似照星　梅花は照れる星に似たり。
可憐金鏡転　憐れむ可し、金鏡の転りて、
庭上玉房馨　庭上に玉房の馨れることを。

「輝く夜の月の光は、まるで晴れた日の雪のように清らかに澄み、その月の光の下にある梅の花は、月に照らされる星のようです。月が移動するにつれ、庭のいくつもの梅の花の香りが漂ってくるのは、ほんとうにすばらしいです」。

なお、この指導が縁になったのでしょう、のちに道真はこの忠臣の娘である宣来子と結婚しています。

女性の名の読み方

ちなみにこの時代（実はずっとのちまで）、「〜子」型の女性の名前は音読みではなく必ず訓読みであったというのが近年の研究成果です（角田文衛『日本の女性名』教育社、一九八〇〜八八年）。たとえば平清盛の

娘で高倉天皇の中宮になった女性（安徳天皇の母）徳子の読み方は、「とくし」ではなく「のりこ」です。源頼朝の妻政子が「せいし」ではなく、「まさこ」であったことはよく知られています。

またたとえば清和天皇の母であった女性は藤原明子ですが、その名は「あきらけいこ」と読むこともわかっています。現代人の感覚からすると難しい読み方です。

(2) 文章博士になる

道真、文章生となる

道真の学問は順調に進み、貞観四年（八六二）、十八歳の時には文章生になりました。これは大学寮で漢文学（儒学も含む）を学ぶ資格を与えられた人です。その五年後、今度は文章得業生になりました。これは文章生の中から特に優れているとして選ばれた者で、文章博士の候補生です。そして三年後の貞観十二年（八七〇）、文章得業生修了のための試験に合格、卒業証書である「方略の宣旨」を天皇からもらっています。二十六歳でした。この年でもらえる者はまずいないのです。最年少でしょう。

道真、文章博士となる

その後、順調に官位・官職は昇進し、文章博士にも就任しました。まだ三十三歳の時のことでした。学問を窮めようという立場からは、道真はとても優秀な人材として誉れが高くなりました。一方では政務にも着いていました。しかしまだ慣れていないので失敗し、讃岐守（さぬきのかみ）として地方に追いやられたこともありました。妬（ねた）まれて足を引っ張られたようです。

⑶ 政界に進出し、活躍する――宇多天皇の近臣

蔵人頭、権大納言となる

道真は寛平二年（八九〇）、讃岐守としての四年の任期が終わって帰京してからは宇多天皇の強い信任を得て、順調に昇進を重ねていきました。特筆すべきことは、蔵人頭に任命されたことです。蔵人頭は天皇の秘書室長ともいうべき重要な職で、天皇のそば近く仕えて重要な事柄の相談に預かり、天皇の意図に沿って貴族たちとも連絡を取るという職です。そして翌年には父の最後の職であった参議にも任命されました。続いて寛平六年（八九四）十月には中納言、同九年には権大納言と父を超えて目覚ましい昇進を遂げていきます。

宇多天皇に捧げた和歌

宇多天皇は、息子の敦仁親王に譲位（醍醐天皇）してからですが、吉野宮滝の離宮（奈良県吉野郡宮滝町）に出かけました。道真もお供しました。その折、山城国（京都府）と大和国（奈良県）の国境にある奈良山の峠で道真が詠んだ和歌があります。

このたびは　幣もとりあへず　手向山
　もみぢの錦　神のまにまに
（『古今和歌集』『百人一首』）

「このたびの旅は、出発の慌ただしさの中で、神に捧げる御幣の準備ができませんでした。ところが手向山に来てみると、木々の紅葉はまるで錦を織り成したように美しいです。御幣の代わりにこの紅葉を捧げますので、お許しください」。

文中の「手向山」のうち、「手向」とは「道中に安全を祈るために神仏に幣を奉ること」で、「手向山」とは手向を捧げるべき山のことです。それは各地にあり、道を登りつめた峠に多かったのです。また「幣」とは旅に出る時、手向山の道祖神の前で撒き散らす紙または絹を細かく切ったものです。これらは旅の前に準備して袋に入れておきました。

宇多天皇と道真とはとても仲がよかったのです。

⑷ 遣唐使の廃止

道真、遣唐大使に任命される

寛平六年（八九四）八月、道真は遣唐使の責任者すなわち遣唐大使に任命されました。第二十回目の遣唐使派遣です。しかし東アジアに強大な勢威を誇った唐も、八〇〇年代に入ると天災も加わって国威は衰え、各地では反乱がしきりに起こりました。八九〇年をすぎると都の長安（ちょうあん）（現在の西安（せいあん））にある一地方政権のようになってしまいました。

前回の遣唐使派遣は第十九回目で、承和五年（八三八）に行なわれました。遣唐使は毎回四隻で行くのが普通で、それぞれに

危険な遣唐使の旅

遣唐大使や副使、役人、僧侶・留学生など百人以上が乗っていました。ところがほとんど毎回、何隻かが嵐で難破・沈没、南方に流れ着く、日本に吹き戻されてまた出発させられる、というひどい状態だったのです。それが往復のことでした。

遣唐使の船は、当初は二隻だったようです。それがなぜ四隻になったかといえば、四隻行けば一隻は帰ってこられるだろうという判断だったのです。それで大使に任命されたのに怖くて拒否し、罰せられた貴族もいます。家族とこの世での別れの杯を交

わして遣唐船に乗った者も多かったに違いありません。
「遣唐使によって唐の文化が日本にもたらされた」と言えば聞こえはいいものの、それは遣唐使一行の悲惨な船旅によって成り立っていたのです。

阿倍仲麻呂と望郷の歌

奈良時代のことですが阿倍仲麻呂（あべのなかまろ）は十八歳の時に遣唐使の留学生として唐に渡って勉強し、唐の朝廷の官職を歴任しました。日本へ帰りたくてもなかなか許可が下りず、三十六年後にやっと帰国が許されました。しかし乗った船が暴風雨に遭って難破し、ベトナムまで流されました。その後唐に戻ることはできましたが、日本帰国は果たせず、唐で亡くなっています。その仲麻呂が明州（めいしゅう）（寧波（ニンポー））で夜に月を見て、日本を偲んだ和歌が有名です。

あまの原　ふりさけ見れば　春日なる
　三笠の山に　出でし月かも
（『古今和歌集』『百人一首』）

「大空を仰ぎ見れば月が出ている。これは昔、奈良の都の春日山から昇るのを見た月と同じなのだなあ」。

遣唐使の廃止を提案

寛平六年（八九四）九月十四日、道真は遣唐使中止を貴族たちに提案しました（『本朝文粋（ほんちょうもんずい）』）。その提案理由として、第一

に、唐が非常に衰えて訪ねていく価値がないこと、第二に、往復の旅が非常に危険であることをあげています。最後の方に、

国の大事にして、独り身の為ならず。

「これは日本国の重要な案件で、私が遣唐使になるのが嫌だということではないんです」とあるのは、とてもわかりやすいです。真実のところ、道真は中国へ行くのが嫌だったのです。

このころの道真は宇多天皇の信任を得て朝廷権力の絶頂を極めつつありました。そんな時に外国に行けば留守の間に権力を失ってしまうかもしれません。それに生きて帰れるかどうかもわからないのです。

反道真勢力の動き

漢文学や儒学で名を売ってきた道真だから、「実際の中国へ行ってその学問をもっと窮めてきてください」と、しばらく追い払おうという同業者すなわち学者たちの反感がそろそろ強くなってきていたということではないでしょうか。

しかし道真は遣唐使自体を廃止することにより、事態を乗り切りました。

国風文化の発達について

平安時代の歴史を語る時、道真の遣唐使廃止によって中国文化が入ってこなくなり、代わりに国風文化（日本独自の文化）が発達したとされています。しかし前回である第十九回の派遣からもすでに六十年ほど経っていますし、前々回の第十八回派遣は延暦（えんりゃく）二十四年（八〇五）のことでした。第十九回の三十三年も前です。もう百年近くも前から中国との国同士の付き合いはないに等しいのです。それにこの遣唐使の廃止によって漢文学や儒学が低く見られるようになったということはまったくありません。国風文化の発展は道真とはほとんど関係ないのです。

⑸ 失脚し、大宰府に流される

大宰権帥とされる

寛平九年（八九七）、三十一歳の宇多天皇は息子に譲位しました。十三歳の醍醐天皇です。この時に当たり、宇多天皇は新天皇に政治のことはすべて藤原時平と諮（はか）るようにと命じました。時平はまだ二十七歳、道真は五十三歳、二人は協力して政治を進めていました。昌泰二年（八九九）二月には時平は左大臣、道真は右大臣に任命されています。さらに二年後の昌泰四年正月、道真は従二位に叙せられました。その直後、道真は天皇から九州の大宰権帥への転任を言い渡されました。

時平は藤原氏という大貴族の出であり、その大勢の一族に守られています。しかし道真は藤原氏に比べればずっと低い身分の出であり、しかも政治力は弱い学者の家柄です。それなのに従二位右大臣までのし上がれたのは、ひとえに宇多天皇に気に入られていたからです。周囲の貴族や学者たちからの反感が強まっていたはずです。宇多上皇も必死に弁明してくれましたが、だめでした。

九州へ行く費用も、現地での生活も道真の負担とされました。妻である島田宣来子の同行も許されませんでした。

ただ、左大臣藤原時平の策略によって大宰府に流されたという説は間違いと言ってよいでしょう。まだ二十代で政治的に未熟なことを自覚している時平は、二十六歳も年上の道真を頼りにしていました。道長が流されたのちも、政策的には道長の考えを踏襲して成功を収めているのです。

我が家との別れ――梅の花の和歌

家を出る時に詠んだとして知られているのが次の和歌です。

こちふかば　匂ひをこせよ　梅の花
　あるじなしとて　春をわするな
（『拾遺和歌集』）

「春の東風が吹いたら、香りを配所の大宰府のもとまで寄越しておくれ、梅の花よ。主人である私がいないからといって、春という時期を忘れるなよ」。

当時は陰暦（旧暦）ですから、「春」といえば、一月・二月・三月のことです。現代に当てはめれば、ほぼ二月から四月です。この二月はまさに梅の花が匂い始める時期です。

我が家との別れ——桜の花の和歌

実はもう一首、この時に道真が詠んだとされている和歌があるのです。それは桜の花についての和歌です。これは『後撰和歌集』に収められており、その詞書に、

家より遠きところにまかる時、前栽の桜の花に結いつけ侍りける。

「京都の家から遠い所へ行く時、和歌を詠んで庭先の桜の木に結びつけました」とあります。

さくら花　ぬしをわすれぬ　ものならば
吹き来む風に　言伝てはせよ

「桜の花よ。主人である私を忘れないなら、大宰府の配所まで吹いてくる風に伝言をしておくれ」。

しかし道真の別れの和歌としては、梅の花に呼びかけた和歌の方が圧倒的に有名です。

妻への思いの和歌を詠む

道真は山崎まで来て船に乗りました。山崎は都のある山城国（京都府）と摂津国（大阪府）との間にある宿場町でした。ここは桂川・宇治川・木津川が合流して淀川となる所です。現在、京都府に入っている部分は大山崎町、大阪府の部分は島本町となっています。道真はここから船に乗って九州に向かったのです。『大鏡』に、

都遠くなるままに、あはれにこころぼそく思されて、

「都がだんだん遠くなっていくのを眺めていると、淋しく、心細く思われて」次の和歌を詠んだとあります。

君がすむ　宿のこずゑの　ゆくゆくと
隠るるまでに　かへりみしやは
（『拾遺和歌集』）

「あなたが住む家の木々の梢が、船が進むにつれ遠ざかり、隠れて見えなくなってし

まうまで何度も何度も振り返って見ていました」。

道真はこの和歌を妻の宣来子に送っています。

(6) 学問の神として祀られる

五種類の刑罰

朝廷では、刑罰を五種類作りました。軽いものから順に、笞（ち）・杖（じょう）・徒（ず）・流（る）・死（し）です。笞は背中を棒で五十回叩く、杖は同じく百回、徒は懲役刑、流は流刑、死は死刑です。しかし平安貴族たちは平安時代四百年、死刑判決を下したのはほんのわずかでした。しかも、その判決を下しても決して実行はせず、適当な名目をつけて流刑以下の刑に落とすか、なし崩し的に無罪にしています。

死刑を実行しなかったのは、現代のような人権に関わるからではなく、理由はともあれ死刑を実行してしまうと、必ず遺族に恨みが残るからです。政治がやりにくくなります。それで死刑は実行しなかったのです。

流罪も同じです。いつまでも流罪しっぱなしだと、本人や家族の間に恨みがずっと続き、政治がやりにくくなるのです。それで長くとも四、五年以内には赦免して京都に戻してやったのです。ですから道真も体調に気をつけて暮らしていれば数年後には京都に戻れたはずなのです。

道真、病気で亡くなる

ところが道真は大宰府に行って一年半あまり、延喜三年（九〇三）病気で亡くなってしまいました。無実なのに流されて死ななければならなかった、恨めしい、ということでまもなく道真は怨霊になったとされました。そしてその道真の霊を慰めるため、罪は許され、また神として崇敬されることになりました。天満大自在天神です。学問の神、受験合格の神として若者に希望を与える存在になっているとは道真はどこかの世界で知っているでしょうか。

おわりに

道真は学問を仕事とする家柄に生まれた、実際のところ、学問面では大変な秀才でした。和歌を詠むことや漢詩を作ることにも優れていました。しかも政治家としても優れた知識や判断力を持ち合わせていました。そして宇多天皇、さらには醍醐天皇に信頼され、蔵人頭から権大納言・従二位にまで昇進しました。

しかし周囲の貴族たちにその昇進を妬まれ、最後は大宰権帥として島流し同然に北九州の大宰府へ送られ、その地で亡くなっています。

平安時代の貴族の和歌は社交の手段であり、また出世の方策でもありました。したがって自分の感情とは無関係の和歌も多く詠んだのです。その中で、本項では親しかった宇多天皇や妻の島田宣来子に対する気持ちに満ちている和歌などを取り上げて道真の心を探りました。

2 藤原道長

〜「満月の和歌」の真の政治的意図〜

★ 藤原道長関係系図

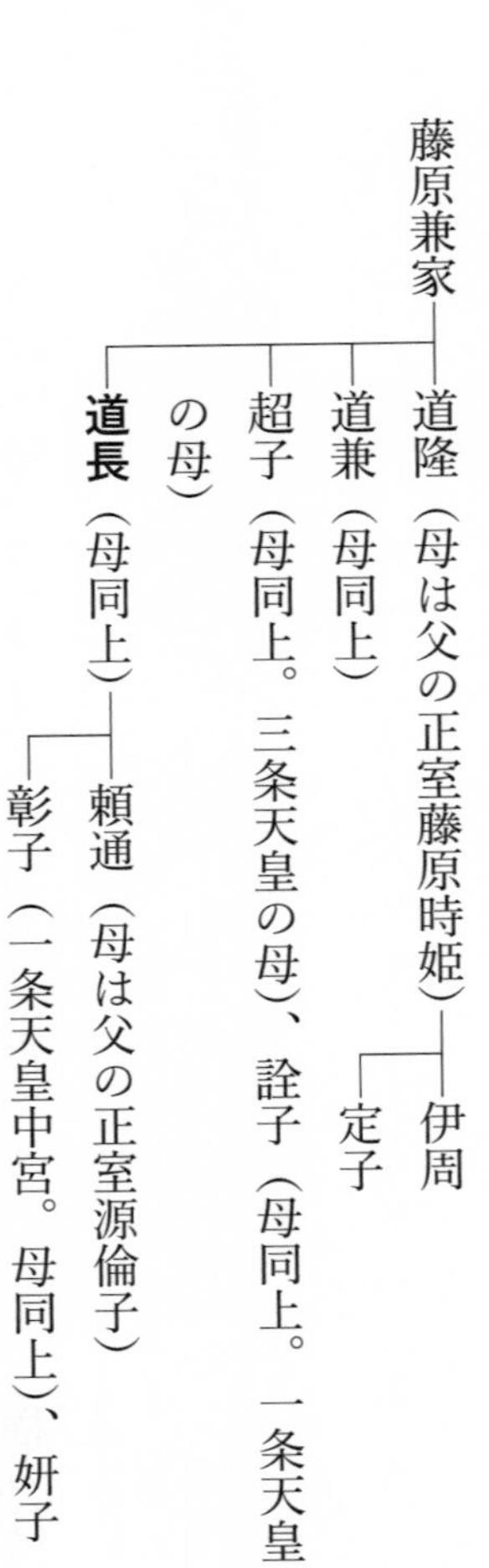
藤原兼家
道隆（母は父の正室藤原時姫）
伊周
定子
道兼（母同上）
超子（母同上。三条天皇の母）、詮子（母同上。一条天皇の母）
道長（母同上）
頼通（母は父の正室源倫子）
彰子（一条天皇中宮。母同上）、妍子（三条天皇皇后、中宮と号す。母同上）、威子（後一条天皇皇后、中宮と号す。母同上）

はじめに

藤原道長は平安時代中期の康保三年（九六六）に生まれ、藤原氏の摂関政治の全盛期を築いた人です。摂関政治というのは、摂政または関白が強力に行なう朝廷政治のことです。摂政は天皇が子ども、または女性の場合に天皇の権威と実権を代行して政治を行なう職です。関白はあくまでも天皇の相談役です。ですから権力は摂政の方が強いということになります。

道長は藤原氏の本家ともいうべき北家（他に、南家・京家・式家などがあります）に生まれました。父は兼家で、道長は父の正妻の三男です。兼家は摂政から関白になり、また臣下として最高の職である太政大臣となって権力を振るいました。その没後、正妻の長男の道隆が後を継いで関白となりました。しかしその道隆は数年後に病没し、後を継いで関白となった次男の道兼は、一ヶ月も経たないうちにこれまた病気で亡くなりました。さらにその後、三男の道長が道隆の息子伊周との争いに勝ち、権力を握って大勢力を築いていくことになったのです。

武士の社会は明日にでも戦さが始まるかもしれない、殺し合いが始まる、という日常です。しかし貴族の社会は、殺し合いはせず、話し合って多数決で決めるというものです。したがって強力な個性を有しつつも、人間関係を巧みに進め、多くの味方を得て政治を進めるという能力が必要です。道長はその能力を十分に持っていました。それは親族や仲間の貴族と友好関係を進めつつ、三人の天皇の皇后（中宮）に娘を就任させたという成果に現われています（山中裕『藤原道長』吉川弘文館人物叢書、二〇〇八年）。

そして道長はこのような政治的成果を息子頼通（よりみち）に受け継がせました。頼通は摂政、引き続き関白を五十一年間も保っています。その中で、万寿（まんじゅ）四年（一〇二七）に六十二歳で亡くなりました。

本項では道長がどのような心を持っていたのか、それをどのように和歌に示したかを見ていきます。

なお、天皇の妃には、道長以前から皇后・女御（にょうご）・更衣（こうい）などがありました。皇后は一人で、他は複数いました。それ以外に中宮がありましたが、これは皇后の別称でした。道長は娘の彰子（あきこ）を当時の一条天皇（いちじょうてんのう）の皇后にしようとした時、すでに兄道隆の娘定子（さだこ）が皇后として存在していました。そのため、中宮を正式の妃名として彰子を押し込んだのです。

当初は皇后が格上、中宮が格下でした。しかしそののち、皇后と中宮が並び立つことは実際にはありませんでした。そしていつの間にか、名称として皇后よりも中宮の方が多く使われるようになっていったのです。

(1) 道長の誕生と本流争い

道長の誕生。父の末子として

道長は康保三年（九六六）、京都に生まれました。父は兼家、母は藤原時姫で、同母の兄に道隆・道兼、同母の姉に超子（冷泉天皇女御、三条天皇母）・詮子（円融天皇女御、一条天皇母）がいました。この詮子は道長をかわいがり、成人した道長が権力の座に就くことを大いに助けています。

藤原北家の本流争い

道長が二歳なるまでの二十年間は村上天皇の時代でした。この天皇の治世において、道長の祖父の藤原師輔は右大臣として支え、しかも娘の中宮安子がのちの冷泉天皇と円融天皇を産んだことで藤原氏本流の立場に成り上がりました。本来の本流は、師輔の兄で摂政・太政大臣だった実頼

（小野宮流（おののみやりゅう））の系統だったのです。

左に示す系図は、その藤原氏本流が師輔の系統に移りつつ、今度は彼の息子・孫が主導権を取り合うという凄まじい争いを示したものです。

系図に記した①～⑨までの数字が、政治の主導権を握った者の順番です。そしてついに道長とその子孫が主導権を握り続けることになったのです。また❶～❸は小野宮流の惣領（そうりょう）の順番を示しています。

- 藤原実頼①❶
  - 頼忠⑤❷ ― 公任（藤原）
  - 斉敏 ― 実資❸（小野宮）
- 師輔②
  - 伊尹③
  - 兼通④
  - 兼家⑥
    - 道隆⑦ ― 伊周
    - 道兼⑧
    - **道長**⑨ ― 頼通

弓射の戦い①――甥の藤原伊周と

道長が政治の表舞台に登場するのは長徳（ちょうとく）二年（九九六）、三十歳の時です。そこに至る二十代のころ、どのような性格であったのか、あるいはいかなる競争意欲を持っていたのかを示す挿話が『大鏡』に記されています。それは甥の伊周に対する強い敵意です。

この時、道長は二十二歳、従四位上・左近衛少将（さこんえのしょうしょう）・左京大夫（さきょうのだいぶ）というまだ中級貴族の一員でした。対する伊周も十四歳、従五位上でした。しかし伊周は、この時正二位・権大納言で二年後には内大臣、三年後には関白となった道隆が期待をかけていた息子でした。

ある時、伊周が弓の練習を行なっていて、道隆が応援して眺めていた時、たまたま道長がやってきました。機嫌のいい道隆は、「伊周と弓の競争をやってごらんよ」と提案しました。それではと、まずお客である道長が先に立って射る態勢に入ります。その時、道長は次のように大きな声で言ったのです。

道長が家より帝・后たちたまふべきものならば、この矢あたれ。

「私道長の家から天皇が出て、皇后が出るというのだったら、この矢が当たれ」。

つまり、「将来、道長の娘が天皇の皇后になり、そこに皇子が生まれ、その皇子が天皇として即位するということだったら、矢よ当たれ」と宣言して射ると、的の真ん中に当たったというのです。

いくら親しい弟であっても、兄道隆にしてみればとんでもないことです。伊周の将来は危ういことになります。続いて伊周が射る番になりました。文中、「帥殿」とはのちに大宰権帥に降格させられた伊周のことです。

次に、帥殿射たまふに、いみじう臆したまひて、御手もわななく故にや、的のあたりにだに近くよらず、無辺世界を射たまへるに、関白殿、いろ青くなりぬ。

「次に、伊周殿が射られましたところ、とても臆病になられ、手がひどく震えたためでしょうか、その矢は的のそばにさえ近づかず、見当はずれの方向に飛んでいってしまいました。それで道隆様は顔が青くなってしまいました」。

弓射の戦い②——甥の藤原伊周と

さらに道長は的に向かい、

摂政・関白すべきものならば、この矢あたれ。と仰せらるるに、はじめとおなじやうに、的の破るばかり、同じところに射させたまひつ。

「私が摂政・関白になれるのなら、この矢当たれ！　と仰ったところ、前回と同じように、的が壊れるばかりに勢いよく同じ的のところに当たったのです」。

道隆は、私の権威は私一代で終わりか、次には息子ではなくこの道長に権威が行ってしまうのかと、道長を歓迎しようとする気持ちもすっかり冷めて苦い思いになり、「もう射るのは止めよ、止めよ」と伊周を制止し、あたりはすっかり沈んだ空気になりました。

道長は兄ではあっても朝廷第一の権力者である道隆の前で、よくも言ったものです。道長は、それだけ権力に対する強い思いを持ち、いざという時には主張できる強い意志を持っていたということなのです。

(2) 道長、権力の座を駆け上がる

貴族社会――多数決の社会

前記の事件があってまもなく、道長は従三位に昇り、翌年には権中納言（ごんちゅうなごん）、翌々年の正暦（しょうりゃく）元年（九九〇）一月には正三位に昇っています。兄道隆にとってはおもしろくない感もあったでしょうけれども、貴族社会は多数決の社会です。身近で、いざとなれば味方についてくれるであろう親族が公卿として活躍するのは望ましいことでもあります。そこを差配できなければ権力は維持できません。

道隆と道兼の病没

ところが同年四月道隆は病気に倒れました。ふだんから大酒飲みだったので、それが原因だったようです。道隆は息子伊周に後継の関白を希望したのですが、当時の一条天皇は認めませんでした。まもなく道隆が亡くなると、弟の道兼に関白を命じました。ところが道兼はわずか数日で急死し、「七日関白」と呼ばれるに至ります。

道長、権力の座を駆け上る

その後、関白はなかなか決まりませんでした。しかし一条天皇の母である藤原詮子は、国の政治のためには弟の道長がもっとも適任であると、天皇の寝所まで押しかけて涙を流しながら説得しました。この結果、道長が政権を握るに至ったのです。まだ二十五歳でした。

道長、内覧となる

そしてその年五月には権中納言だったのが、翌年九月には権大納言、さらに翌年には従二位に昇り、そしてその翌年の長徳元年（九九五）、三十歳の時の五月には内覧（ないらん）を命ぜられました。内覧は摂政・関白より低い格の職です。摂政・関白は基本的に天皇との血縁関係のあるものが任命されました。内覧は血縁関係のない者に摂政や関白と同様の仕事をさせる時に命じた職名です。ただし、摂政・関白になると、左大臣や大納言などであっても公卿としての仕事には一切関われません。それを嫌った道長は、長徳元年に権力を握ると内覧に任命してもらい、権大納言の仕事は続けました。内覧に任ぜられた翌月には右大臣を命ぜられ、翌年には正二位、左大臣となって権力の座を駆け上っていきます。

道長、藤原氏の氏の長者となる

道長は内覧に任命されてからまもなく、今度は天皇から藤原氏の氏の長者（うじのちょうじゃ）（称号は「殿下」でした）に任ぜられました。貴族社会では、各氏の代表者を決める慣例があり、その代表者は氏の長者と呼ばれました。荘園等の財産も付随していることが多かったので、単なる名誉職ではありませんでした。藤原氏には特に氏の長者に付随する荘園が多く、それは殿下の渡領（わたりりょう）と呼ばれていました。そして藤原氏の氏の長者だけ、天皇から任命される慣例だったのです。

道長、摂政となる

こうして道長は長和（ちょうわ）五年（一〇一六）になって摂政に任ぜられました。後一条天皇（ごいちじょうてんのう）の即位に伴った人事でした。この天皇は道長の長女彰子の息子でした。道長は五十一歳でした。

(3) 藤原公任との交流

藤原公任の処世術

この間、藤原氏の嫡流であった藤原実頼の小野宮流は、小野宮実資に引き継がれていました。しかし事実上の嫡流は実頼の弟師輔に取られてしまい、その息子の三人の争い、さらにまた孫三人の争いを経て、道長に移っていました。その中で小野宮流の公任は道長と親しくすることにより、家としての勢力は保ち続けていました。二人は同い年でもありました。実は元々は官位では道長より公任の方が上だったのですが、公任には従兄弟の実資という小野宮流の身近な政敵もおり、道長の支援者として生きることに活路を見出していたのです。そしてそれは成功しました。

道長、公任に雪の和歌を贈る

道長の日記である『御堂関白記』寛弘元年（一〇〇四）二月六日条に、次のような和歌の贈答をしたことが記されています。道長三十九歳です。和歌の部分は日記の裏に書かれています。和歌を書きつけるのは、そのような慣例だったようです。日記には個人的な思いではなく、朝廷で生き抜き、出世する方法を書いておくべきものだったのです。

この日の朝、まだ暗いうちから雪が降り、七、八寸（二十数センチ）も積もっていました。かなりの大雪です。そこで早速、使者に和歌を持たせて公任のもとに送りました。

若菜摘む　春日（かすが）の原に　雪降れば
　心の使いを　今日（けふ）さへぞやる

「いつも春先に若菜を摘んでいる奈良の春日の野に雪が降っているので、今日は摘めなくて、あなたと一緒に摘みたかったという私の気持ちだけを贈ります」。

するとと公任の返歌が来ました。

身に摘みて　覚（おぼ）つかなきは　雪止まぬ
　春日の原の　若菜なりけり

「さあ今日摘みに行きたいと思っていても、うまくいかないのは、雪が降ってやまない春日の原の若菜ですね」。

何ということのない内容の和歌ですけれども、その分、ふだんから心が通う雑談のできる二人の関係を窺わせる和歌のやり取りです。

道長、公任から五十歳のお祝いの和歌を贈られる

この時から十一年経った長和四年（一〇一五）十月二十五日、道長が五十歳になったお祝いの法会が行なわれました。主催者は長女で一条天皇の中宮であった皇太后彰子でした。会場も彼女の屋敷である土御門第でした。そこでは多くの貴族や僧侶が集まり、『大般若経』を読み、『寿命経』なる経典なども読み、さらにいろいろな企画があり、最後に宴会がありました。それが終わって、公任が皆の前で道長の長寿を祝う和歌を詠んだのです。文中、「あひおひのまつ」とは「共に育った松」という意味です。

あひおひの　まつをいとども　祈るかな
　千歳のかげに　隠れるべけれと

「共に年数を重ねた同い年の道長殿の長生きを祈っています。道長殿が長生きをすることで、私公任もその陰で生きていくことができそうです」。

これに対して道長は次のように返しました。

老ぬとも　しるひとなくば　いたづらに
　谷の松とぞ　年を積ままし

「どんなに長生きをしても、友人として支えてくれる人がいなければ、谷間に一人淋しく老いる松のようなものです」。道長は、今までありがとう、感謝しています、これからもよろしくお願いします、との気持ちを込めているのです。

平和な貴族社会の多数決を重要視する論理。武家社会では臨戦体制なので大将は一人、殺し合いも辞さない論理を持っています。それとは異なる貴族社会の論理の中で、生き方の手本を示すような道長と公任との和歌のやり取りです。

⑷　道長から息子頼通へ

道長、娘たちを三代の天皇の皇后（中宮）とする

長和五年（一〇一六）、長女藤原彰子の息子である後一条天皇が即位し、道長は外祖父（がいそふ）として摂政となりました。次頁の系図をご覧ください。

63～70の数字は歴代天皇順で、❶～❹は道長と正室との間の長女から四女までの四人の娘の年齢順です。❹嬉子（よしこ）は後朱雀天皇（ごすざくてんのう）が東宮（とうぐう）（皇太子）の時代の妃で、のちの後（ご）冷泉天皇（れいぜいてんのう）を産んでわずか二日後に亡くなった女性です。

冷泉天皇63
円融天皇64
花山天皇65
三条天皇67 ＝ 妍子❷（皇后）
一条天皇66 ＝ 彰子❶（中宮）
後一条天皇68 ＝ 威子❸（皇后）
後朱雀天皇69 ＝ 嬉子❹（東宮妃）
後冷泉天皇70

道長、頼通に摂政を譲る

しかし摂政になると政治の実務には携われません。道長はわずか一年二ヶ月後の長和六年（寛仁元、一〇一七）三月十六日に摂政を辞任しています。その代わり、同日、息子の頼通二十六歳が摂政に任命され、権力を頼通が引き継いでいくことを確定させています。

道長、頼通内大臣就任のお祝いの和歌を詠む

実はその直前の三月四日、頼通は内大臣に任ぜられ、公式のお祝いの会も開かれました。そのお祝いの会の出席を遠慮した道長は、さらにその後のざっくばらんな私的なお祝いの会には出席し、心からなる喜びの和歌を詠んでいます。『御堂関白記』同日条に、次のようにあります。この時には、「桜花」という題で和歌を詠もう、ということになっていたのです。この長和六年（一〇一七）三月四日は、現代の暦に改めると四月三日です。まさに桜が満開の時期でした。

　このもとに　われぞきにけり　さくらばな
　　はるのこころぞ　いとどひらくる

「私は、桜の木の下にやってきました。この桜の木が春になって満開になったことがとてもうれしいです」。

「このもとに」の「こ」に「木（こ）」と「子」とをかけ、「いとどひらくる」に「花が咲くこと」と「息子頼通が内大臣に任命されたこと」とをかけています。

さて、道長と和歌といえば、「この世をば、我が世とぞ思う望月の……」という自分の政治的権力を自慢したとする和歌が有名です。しかし最近、この和歌の解釈をめぐって従来とは異なる意見が出ています。それを次に見ていきます。

(5) 道長の「この世をば」の和歌

寛仁元年（一〇一七）十月十六日、道長の三女威子が後一条天皇の中宮になりました。これで長女彰子が一条天皇の中后、次女の妍子が三条天皇の中宮になったのに続き、道長の娘三人が天皇の中宮（皇后）になったのです。

一家に三人の皇后（中宮）

このようなことは今までに例がありませんでした。「一家に三人の皇后が立った」と噂され、評判になったできごとです。それほど道長の権力が強くなったということでもあります。道長は五十三歳です。関係系図は先の通りです。

道長、「満月の和歌」を詠む

この威子立后の日の私的なお祝いの会において、次のようなできごとがあったと、右大臣小野宮実資はその日記『小右記』同年の十月十六日条に書きつけています。

今日、女御藤原威子を以て、皇后に立つるの日なり。（中略）太閤、下官を招き呼びて云はく、「和歌を読まんと欲す。必ず和すべし」てへり。答へて云はく、「何ぞ和し奉らざらんや」と。又云はく、「誇りたる歌になむ有る。但し宿構に非ず」てへり。

此の世をば　我が世とぞ思ふ　望月の
かけたる事も　無しと思へば

余申して云ふ、「御歌優美なり。酬答（しゅうとう）するに方なし。満座只だ此の御歌を誦すべし」。

「今日は女御の藤原威子が皇后に立てられた日でした。（中略）道長殿は、私をそばに呼び寄せて、『和歌を詠もうと思うんだが。きっと返歌を詠んでくれよ』と言いました。それで私は『どうして返歌を差し上げないことがありましょうか』と答えました。すると、さらに、『自慢している和歌なんだがね、でも考えてきたのではなく、今、思いついたんだ』ということでした。

この世の中のことは、すべて私の思うとおりになる。それはまるで満月にはすべてが揃っているように思えるのと同じだよ。

私は、『いや、すばらしいお歌です。とても対応するような立派な返歌は詠めません。皆さんでこのお歌を唱和しましょうよ』」。

こうして現代人は道長の得意満面の笑みを想像する、ということになっていました。しかしつい近年の山本淳子氏の新研究（「『この世をば』の歌の新釈と道長像」『歴史地理教育』二〇二一年四月号）により、どうもその想像の内容が間違っていたと考えざるを得なくなりました。つまり、道長の和歌の解釈は改めるべきなのではなかろうか、ということです。そこで山本氏が示される指摘を中心に、問題点を次にあげます。

「満月の和歌」の理解の間違い

①「此の世（よ）」は「此の夜（よ）」であろうこと。

道長は「此の夜」を「このよ」と発音し、それを「此の世」と書き残したのは道長ではなく実資でした。「このよ」を「此の世」とし、「私が支配している世の中」という意味で使う例は、天皇や上皇にはありますが、臣下にはありません。したがって、仮にいくら驕（おご）ったとしても臣下道長が「此の世」と言うはずはないのです。

ところが、「このよ」を「此の夜」という意味で使うのは、道長が親しく後援していた紫式部をはじめとして、いくつも例があります。

② したがって、「我が世」も表記の誤りで「我が夜」であろうこと。

★「此の世」も「我が世」もすべて、実資が『小右記』に書き残した「漢字混じり仮名」の言葉です。道長は、「こ（此）のよ（夜）をば　わ（我）がよ（夜）とぞおも（思）ふもちづき（望月）の」と、漢字交じりではなく仮名の発音で和歌を口にしたのです。

③　この祝賀会の夜は満月ではなかったこと。

昔の暦は、望月すなわち満月は必ず月の十五日です。お祝いの会のあった十六日ならば十六夜（いざよい）で、望月ではありません。道長がこの和歌を詠んだ寛仁元年（一〇一七）十月十六日は、望月の夜ではなかったのです。

ただ、旧暦の時代には一ヶ月が二十九日だったり、三十日だったりするように、どの月の十六日も同じような月の欠け具合でもなかったようです。そして現代の天文学者の調査で、この寛仁元年十月十六日の月は満月に近かったということがわかりました。しかし前掲山本氏から、道長の和歌は実態を示すのではなく、文学的な見地からの表現であり、あくまでも十六夜と見るべきであるとの反論がありました。

こうして、道長がこの和歌を詠んだ日は三女が中宮になった喜びの日であり、その晩はそのお祝いの会でした。三人の娘が天皇の皇后（中宮）になれるなんて、初めてで道長にとって晴れがましい日でした。そこで道長は、「今宵はうれしい晩だ。三人の娘を皇后にすることができた。これは歴史上初めてのことで、誇りたい。しかし、今宵の月は十六夜だ。完全無欠ではない。私の朝廷での勢力もさらに望月をめざしてがんばりたいものだ。よろしく」と和歌にして実資に返歌を求めたのです。

小野宮実資の複雑な心境

その晩の私的なお祝いの会に集まっているのは、道長の味方でしょう。ただし実資は、本来は藤原北家の本流小野宮流のトップです。道長の上に立つ位置にいました。そして心ならずも道長に従って働いた結果、最後の職である右大臣になれたのはこの四年後の治安(じあん)元年(一〇二一)、五十五歳の時のことでした。実資はさらに努力し、七十一歳になって従一位に昇らせてもらっています。

いわば藤原北家の分家の三男道長が「必ず和すべし(返歌をくれよ)」と本家の実資に呼びかけたのは、実資の忠誠度を試すためであったのです。しかし本家の誇りを持つ実資はそれを従順に受けることはできず、かといって道長の機嫌を損ねることはできないので、その関心を列席の貴族たちに向けさせたのでしょう。

そしてこのような酒などの席や、友人関係の軽い会話での詠歌は、詠んでメモなどはせず、そのまま打ち捨ててしまうものでした。これを「詠み捨て」といいます。ですから、道長の日記『御堂関白記』にはこの和歌は記されていません。それなのに実資はあえて『小右記』に拾い、しかも道長が「此の夜」「我が夜」というつもりで詠んだのに、仮名で書くことをせず、あえて「此の世」・「我が世」と「世」という漢字を使い、「道長は不遜（ふそん）な男だ」と不満な気持ちを表現しておいたのではないでしょうか。これは筆者の意見です。

おわりに

貴族にとって和歌は友情を確認する手段でもあるし、また戦いの武器にすることもできたのです。

道長と藤原公任との交換和歌は、一見、仲のよい同世代の貴族の和歌のように見えます。確かに道長と公任とは仲がよかったのでしょう。しかしその背景には小野宮実資によって藤原北家の本流から押し出された公任と、新たに本流を乗っ取ろうとする道長が「敵の敵は味方」という論理で手を組んだことがあると推定されます。二人の交換和歌はそのような観点から見るべきでしょう。個人的に気持ちが合うかどうかはまた別のことです。

かといって、実資を敵視する態度を取り続けていては大権力者になれません。当然、実資も味方を集めて道長に対抗するからです。そこで道長は機会をとらえて実資の対応を試し、実資もまた巧みに「自分を低く見るなよ」とかわし、日記には必ずしも道長に従っていない自分を明確に示し、子や孫に伝えたのです。当時の日記は、子どもや孫だけに読ませて朝廷の状況を伝える、という性格を持っていたからです。

3 紫式部

～『源氏物語』の作者の思い～

★紫式部関係系図

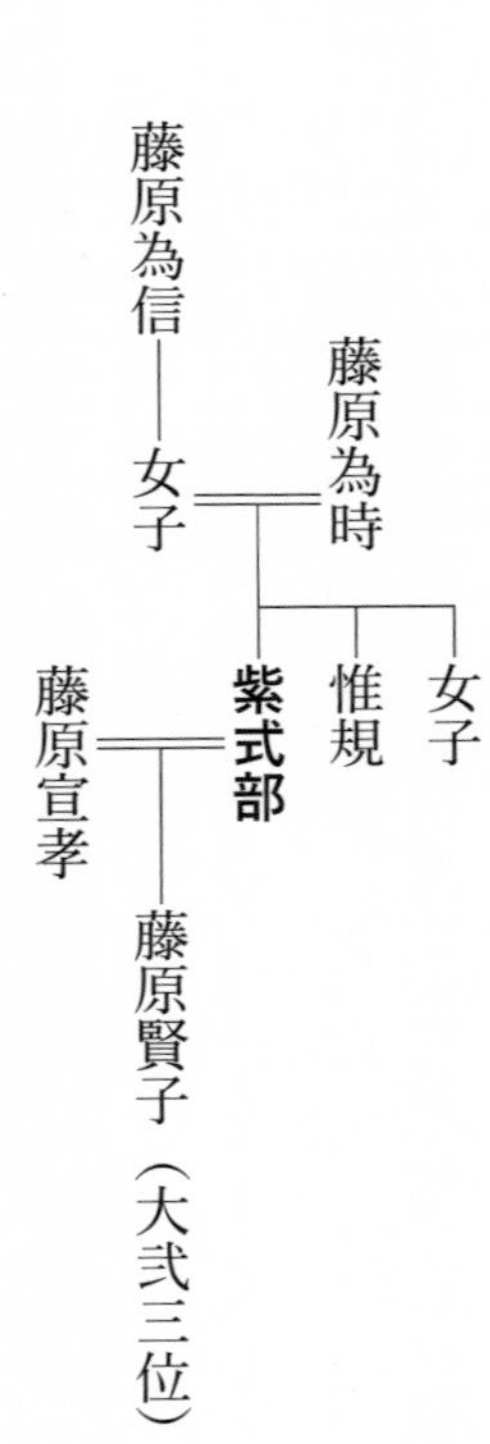

はじめに

紫式部の正確な生没年ははっきりしません。平安時代中期の天延元年（九七三）に生まれ、長元四年（一〇三一）に亡くなったとされています。父はあまり身分の高くない貴族でしたが、優れた漢学者であり歌人でもありました。その影響を受けたのでしょう、紫式部には文才がありました。それによって有名な『源氏物語』を書いたのです。

紫式部は二十六歳のころ、やはり身分の高くない貴族の藤原宣孝と結婚しました。しかし親子ほども年上の宣孝は、不幸にも結婚後わずか三年ばかりで亡くなってしまいました。長保三年（一〇〇一）のことでした。その後、紫式部は寂しさを紛らわすためか、『源氏物語』を書き始めました。

『源氏物語』の主人公はある天皇の息子でした。父天皇は「源」という姓を与えて臣下に下しました。『源氏物語』はその「源氏」となった男性の物語です。その男性は光り輝くようにすばらしい男性だったので、「光源氏」と呼ばれたそうです。

この『源氏物語』は、そのころの貴族たちの人間関係・恋愛などが描かれていて有名です。実はこの光源氏のモデルは藤原道長であったのではないかとも言われています。

『源氏物語』は、完成してから他人に読ませたのではありませんでした。少しずつ書き上げ、そのたびに知り合いに渡して読ませたところ、大評判になり、次が待ち遠しいと言われるようになりました。それを聞いた藤原道長は、紫式部を娘で一条天皇の中宮であった彰子に仕えさせ、執筆の助け（特に経済・環境面）になるようにしています。さらに道長自身も紫式部の大ファンになっています（角田文衛『紫式部伝…その生涯と「源氏物語」　源氏物語千年紀記念』法蔵館、二〇〇七年）。

紫式部の本名ははっきりしません。通称である「紫式部」の「紫」は、「光源氏」の妻の一人で『源氏物語』の中では「光源氏」に次ぐ重要な人物として登場する「紫の上」という女性に由来するのだろう、と言われています。また「式部」とは、彼女の父藤原為時（ふじわらのためとき）が式部大丞（しきぶのだいじょう）であったことがその由来と推定されています。

さらに紫式部には、『紫式部日記』があります。これは彰子に仕えている間に書いたもので、三年ほどの短い期間の日記ですが、当時の天皇や貴族の生活を身近に知ることのできる貴重な史料です。また自分が詠んだ和歌を選び集めた『紫式部集』もあります。

⑴ 紫式部の誕生と父の藤原為時

紫式部の誕生

紫式部は天延元年（九七三）に生まれたとされています。父は藤原為時というあまり身分が高くない貴族、母も摂津守などを務めた同じく身分が高くない貴族の藤原為信の娘です。また同じ父母から生まれた姉と、兄か弟である惟規がいます。ただ母は紫式部が幼いころに亡くなってしまいました。

紫式部が誕生した時代

紫式部が生まれたとされる年の前年に、京都南部の石清水八幡宮で「石清水臨時祭」が行なわれました。この祭りは、引き続きそのままの名称で毎年の行事となっています。

石清水臨時の祭りは、東国で起きた平将門の乱と、瀬戸内海で起きた藤原純友の乱の平定後、天慶五年（九四二）に石清水八幡宮で行なわれた臨時の祭りです。その後その祭りが時たま行なわれていたのが、天禄三年（九七二）から毎年の祭りとなったのです。

また誕生とされる年の翌年から、祇園御霊会も毎年行なわれるようになりました。

この祇園御霊会は、毎年のように夏に発生する疫病や日照り・水害を防ぎたいとの願いを込めて京都・八坂神社（明治時代になるまでは祇園社と呼ばれていました）で行なわれたものです。

菅原道真の遣唐使の廃止からは八十年ほど経っています（本書「菅原道真」の項参照）。紫式部は、京都を中心とした日本文化が一つの方向性を見極めつつ進みつつあるころに誕生したということになるでしょう。

父の藤原為時

紫式部の父藤原為時は、身分の低い貴族でしたが、漢文学・漢詩に優れていました。また和歌を詠むことにも能力を見せていました。

花山天皇の十五年という長い東宮の時代には漢文学を教えていました。そして天皇になった永観二年（九八四）からは蔵人になり、式部省の式部大丞になりました。しかし花山天皇が出家して退位した寛和二年（九八六）以降、失職し、貧しい暮らしは十年間にわたって続きました。

長徳二年（九九六）の除目（年一回の人事異動の機会）には、次の和歌を一条天皇に送って越前守に任じてもらったといいます（『今昔物語集』巻第二十九―第三十）。

文中、「蒼天」とは「大空、青空」または「天帝」という意味で、一条天皇をさしています。

苦学の寒夜。紅涙、襟を潤す。除目の後朝、蒼天、眼に在り。

「私は、寒い夜に耐え忍んで勉学に励んできました。でもずっと除目では希望する職に就けませんでした。除目の日の翌朝は、悲しみのあまり血の涙が私の袖を濡らし、陛下（一条天皇）を仰ぐばかりです。希望の職に任命してくださいましたら、陛下に忠誠を尽くします」。

朝廷の官位・官職の任命方法

当時（奈良時代から明治時代の初めまで）の官位・官職は、適材適所の者を客観的に選んで任命するのではありませんでした。ある職を希望する複数（多数）の者の中から、賄賂（カネ）と人間関係（コネ）で選び出すのです。時に、この為時の場合のように、漢詩や和歌で人事担当者を感動させることにより選んでもらうこともあります。その場合でも、必ずカネは伴っています。

⑵ 紫式部の結婚

紫式部、藤原宣孝と結婚

前述のような事情で父為時が越前守となり、そして任地に赴任した時、紫式部もついていきました。しかし、その後二年ほどして単身で京都に帰っています。おもしろくなかったのでしょうか。

やがて従兄に当たる藤原宣孝が紫式部の家に通ってくるようになり、結婚しました。宣孝は右衛門権佐（うえもんのごんのすけ）という職にありました。すでに生まれていた宣孝の息子は紫式部とほぼ同年齢ですから、紫式部は親子ほど年上の男性と交際したということになります。

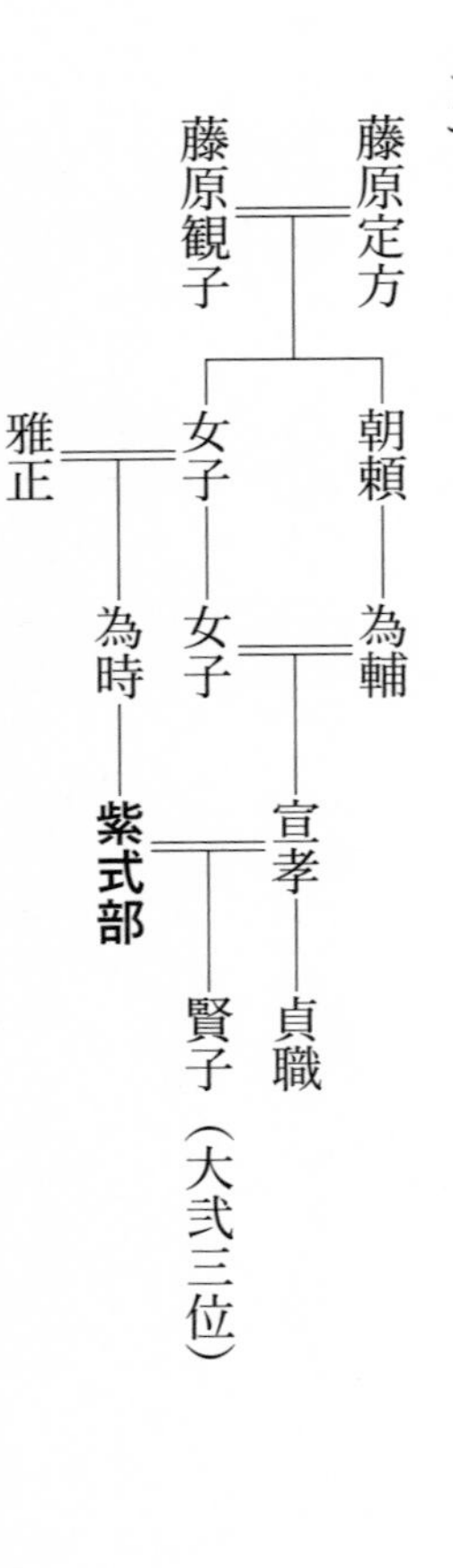

このころ紫式部が詠んだ和歌と推定されるのが次の和歌です。通い婚の時代で、し

ばらく宣孝が通ってきていなかったのでしょう（『紫式部集』『新古今和歌集』『小倉百人一首』）。

　　めぐりあひて　見しやそれとも　わかぬ間に

　　　雲がくれにし　夜半（よわ）の月かな

「久しぶりに通ってきた夫。あっという間に帰ってしまったので、ほんとうに夫だったのかどうかわかりませんよ。まるで少しだけ姿を見せて、すぐ雲に隠れてしまった真夜中の輝く月のようでした」。

　この和歌は、夫ではなく久しぶりに訪ねてきた幼友だちと見る説もありますが、それ以上に深い男女の情を示しているのではないでしょうか。紫式部と宣孝の間には、長保元年（九九九）に娘の賢子（かたいこ）（のちの大弐三位（だいにのさんみ））が生まれています。

宣孝の没　ところが娘が生まれてわずか二年後の長保三年（一〇〇一）五月十日、宣孝は亡くなってしまいました。次に示すのはそれを悼んだ紫式部の和歌です。和歌中、「塩釜（しおがま）」は海藻を焼いて塩を取ることで有名であった所の地名です（現在の宮城県塩竈市）。

　　見し人の　けぶりとなりし　夕べより

名ぞむつまじき　塩釜の浦

「私の夫が亡くなって火葬にし、煙となった夜から、海藻を焼く煙の立つ塩釜をとても身近に思うようになりました」。

(3)『源氏物語』の執筆

『源氏物語』の概要

『源氏物語』は、紫式部が夫を亡くした寂しさから気を紛らわすために書き始めたのではないか、と推測されています。主人公の光源氏を通し、貴族たちの恋愛や欲望、政治的活動・権力闘争、その中での栄光と没落を七十年余りのできごととして描いています。登場人物は、光源氏や紫の上を中心とする女性たちなど五百人近くが登場します。

藤原道長の援助

当時、紙は貴重でした。それでもらうなどして紙が手に入った時にその都度(つど)書いて仲間に披露し、感想などを述べ合っていたといいます。やがて『源氏物語』の評判を聞いた藤原道長が、娘の中宮彰子の家庭教師のような形で紫式部を宮中に呼びました。そして生活費・紙の準備なども含めて『源氏物語』の執筆継続を援助しました。その結果、全体の文字数としては約百万字、四百字詰原稿用紙に換算すると約二千五百枚に及ぶ分量となりました。和歌も八百首近くが入っています。

『源氏物語』は物語の展開の巧みさ、登場人物の心理描写のうまさ、さらには美意識の鋭さが高く評価されています。日本文学史上最高の傑作とされます。

『源氏物語』の評価

一方、世界的に見れば『源氏物語』は「小説」の分野に入ります。しかし特にキリスト教世界では小説は神の声を述べたものであり、全体構成があって、それは陰に陽に神の教えを説き示すことになっています。しかし第二次大戦後、『源氏物語』が小説として世界に紹介されるようになってから、これは小説ではない、なぜなら全体構成がないからだ、ただ物語が続けられているだけだ、という批判的な評価が長い間続きました。

しかし日本文化研究を続けておられるドナルド・キーン氏が、「小説」にはキリスト教的なものだけではなく、異なる創作的な文章も小説の範囲に含めるべきだ、『源氏物語』は日本的な小説と考えるべきではないかと主張されてから、その見解が承認されるようになりました。けれども、今度は日本国内で『源氏物語』を「小説」ではなく「物語」として把握する見方が強くなって現在に至っています。

⑷ 藤原道長との交流

藤原道長、紫式部を見出す

前述したように、藤原道長は『源氏物語』を執筆し始めた紫式部を知り、彰子に仕えさせています。彰子は十代の後半で、紫式部は彰子より十数歳の年上でした。道長は彰子に文学的な指導をさせるとともに、熱心に『源氏物語』執筆継続の後援をしたのです。道長は『源氏物語』をとても気に入り、執筆者の紫式部自身のファンにもなりました。それだけでなく、それ以上の関係に進んだ気配もあります。

『紫式部日記』

紫式部は日記を書いていました。『紫式部日記』として知られています。ただそれは寛弘五年（一〇〇八）から同七年の分が残っているだけですが、その中に道長が詠んだという和歌も何点か載っています。道長が四十代前半、あるいはそれ以前に詠んだ和歌ということになります。激しく勢力争いをしていた時期です。

『紫式部日記』に、紫式部と道長が女郎花(おみなえし)にかかる朝露を話題にやり取りをした和歌が載っています。まず紫式部の和歌です。

女郎花の白露の和歌

女郎花　盛りの色を　見るからに
　露のわきける　身こそ知らるれ

「朝露が白くきれいにかかっている女郎花の、熟年の美しさを見ていると、このような美しさがもらえていない自分を思います」。

紫式部は三十代の後半です。女性の美しさの盛りを過ぎつつある自分、と思わざるをえなかったのでしょう。「もっと美しさが欲しいな」という気持ちです。すると道長は次のように返しました。

白露は　わきても置かじ　女郎花
　心からにや　色の染むらん

「朝露がかかっている女郎花はとてもきれいですね。でも、誰かがひいきをして朝露を置いているのではないでしょう。女郎花が自分で自分を美しい色に染めているのですよ」。

「美しさは自分しだいですよ」とやさしく紫式部を励ましているように見えます。政治家道長のロマンチックな性格の一面を示しているような和歌です。それに道長は紫式部の恋人であったという説もあります。朝、二人で散歩をしながら女郎花を眺め、そこで詠んだ甘い関係の中の和歌のようにも想像されます。

後一条天皇の誕生祝い――満月の橋の上で

紫式部が仕えた彰子は、寛弘五年（一〇〇八）九月十一日に一条天皇の皇子淳成親王（あつひらしんのう）を産みました。のちの後一条天皇です。やがて道長が待望の最初の外祖父となった親王です。『紫式部日記』に、この親王の誕生祝いが私的に道長の関係者を集めて行なわれたことが記されています。

紫式部、お祝いの和歌を道長に贈る

『紫式部集』には次の詞書とともに紫式部の和歌が記されています。文中、「上達部（かんだちめ）」とは上級貴族（太政大臣・左右大臣・大納言・中納言、三位以上の者である公卿、および四位の参議）のことです。また「五日の夜」とありますので、誕生日から五日目の夜すなわち九月十五日の夜で満月の晩に誕生祝いの会が開かれたことがわかります。

宮の御産養（おんうぶや）、五日の夜、月の光さへことに隈（くま）なき水の上の橋に、上達部、殿より

はじめたてまつりて、酔ひ乱れののしりたまふ盃のをりにさし出づ。

「淳成親王様が誕生された建物は、月の光が静かに水面を照らす橋の上にありますが、このご誕生五日目の満月の夜、上級貴族や道長様をはじめ多くの人たちが集まり、盃がしきりに回されて皆酔い、喚き合っている中で、私は道長様にお祝いの和歌を差し上げました」。

めづらしき　光さしそふ　さかづきは
もちながらこそ　千世をめぐらめ

「すばらしい月が射し込んできて光を添えている盃。この満月が大空を永遠に巡るように、盃は皆様の手から手へ巡って、若宮様のご誕生の栄えをずっと祝福し続けるでしょう」。

紫式部と道長とのお祝いの和歌のやり取り

またこの席で、紫式部と道長は次のような和歌のやり取りもしました。まず紫式部の和歌です。

いかにいかが　かぞへやるべき　八千歳の
あまり久しき　君が御代をば

「いったいどのように年数を数え上げたらよいのでしょうか、幾千年ものあまりに長い、若宮様君臨の時代の」。

この和歌に対する道長の返歌です。

あしたづの　齢（よわい）しあらば　君が代の
千歳（ちとせ）の数も　かぞへとりてむ

「私にも、『鶴は千年・亀は万年』と言われる鶴と同じような寿命があれば、若宮様の千年に至る君臨の年数も年ごとにしっかりと数えることができるでしょうよ」。

平安時代の男女関係

ところで、平安時代は男女関係がずっと自由な時代でした。その基本には、現代の私たちが思うより女性の自立度が高かったということがあるでしょう。それに当時、女性は生まれた家を動かないことが原則でしたので、すでに結婚している女性であっても、夫が通ってこない夜に他の男性を迎え入れることも強い罪悪感はなかったようです。ただ、男性同士が鉢合わせをするとまずい、面倒だとは思ったようです。それに関わる話が『今昔物語集』に出てきます。

それは、ある女性が夜、部屋に男性を迎え入れていたら、別の親しい男性がやってきた、慌てた女性は「隠れて、隠れて」と最初に迎えていた男性を押入れのような所に押し込んだ、という話です。
あるいは、やはり夜、ある男性が親しい女性の家のすぐ近くまで来たら、もうすでに別の男性がいるらしい。そこで、習い覚えたお経を大声で唱えながらゆっくりと去っていった。その声を聞いた女性は、むろん、あの男性の声とわかり、身動きができなくなり、気持ちも冷めてしまった、などという話です。

夜通し戸をたたく男──道長か

『紫式部日記』に、「夜中じゅう戸を叩く人がいたけれど、怖くて、じっと音も立てずに明かしました。その明け方に、その人から和歌が贈られてきました」とあり、その和歌に次のようにあります。

夜もすがら　水鶏(くいな)よりけに　なくなくぞ
　まきの戸口に　たたきわびつる
　（槙）

「夜中じゅう、クックッと水鶏の鳴き声よりはっきりとあなたの槙の家の戸を叩き続けましたが、とうとう開けていただけず、残念です」。
これに対して紫式部は、次のように和歌を返しました。

ただならじ　とばかりたたく　水鶏ゆゑ
　あけてはいかに　くやしからまし

「とても大事なことなんだと、クックッと水鶏の鳴き声のような音で戸を叩き続けるのはあなただとわかっていますから、開けたいのですが、開けてしまったら、自制しなければという私の気持ちに反して、悔しいけれど、もうあなたから離れられなくなってしまうと思い、開けませんでした」。

　この一晩中、紫式部の家の戸を叩いていた男は道長だった、とされています。しかし実際には、戸を叩いた事実はなかったようです。『紫式部日記』に道長の名が明記されていることもありません。事実は、紫式部が先に空想で「ただならじ……」の和歌を詠んで道長に贈り、それを読んだ道長がこれまた空想で返歌を贈ったという、詠歌の遊びだったようです。しかし二人は、このような男女関係に関わる和歌のやり取りができる、親しい間柄であったことは間違いないようです。

(5) 娘の大弐三位（賢子）

娘の大弐三位（賢子）

紫式部の娘の大弐三位も歌人として活躍しました。彼女は長和六年（一〇一七）十八歳のころ、母の後を継ぎ、一条天皇の中宮であった藤原彰子に女房として仕えました。

大弐三位は、藤原頼宗（道長の息子）・藤原定頼（藤原公任の息子）ら摂関家の若者たちと交際しましたが、関白だった藤原道兼の次男兼隆と結婚、娘を儲けました。のち離婚し、後年に正三位大宰大弐となった高階成章と再婚しています。

また大弐三位は、彰子が万寿二年（一〇二五）に親仁親王（のちの後冷泉天皇）を産んだ時にはその乳母に任ぜられました。そして天喜二年（一〇五四）、同天皇の即位に当たっては従三位に任ぜられるなど、社会的にも活躍しました。亡くなったのは永保二年（一〇八二）ころで、享年八十数歳の長生きでした。

歌人大弐三位

さらに大弐三位は若い時からずっと歌人として活躍し、『後拾遺和歌集』などの勅撰和歌集に三十七首入っています。彼女の和歌を集めた家集に『大弐三位集』があり、『小倉百人一首』『女房三十六人歌合』にも詠歌が採用されています。

母の紫式部は慎重な性格だったとされるのですが、娘の大弐三位は、特に恋愛において駆け引きが上手だったと見られています。「大弐三位」という名（通称）は、夫の高階成章が大宰大弐であったこと、また彼女自身が従三位であったことに由来しています。

大弐三位の和歌――藤原定頼との交際

大弐三位は、結婚前の若いころ、藤原公任の息子である定頼と交際していました。その時の梅の花をめぐるやり取りです。まず、定頼が梅の花を添えて大弐三位に和歌を送りました。

こぬ人に　よそへて見つる　梅の花
　ちりなむ後の　なぐさめぞなき

「花の香りの中で、いつまで待っても来てくれないあなたを偲びながら、我が家の梅の花を見ています。花が散ってしまったら、その後にはもう淋しさを紛らわせる何物もありません」。

これに対して、大弐三位は次の和歌を返しました。

春ごとに　心をしむる　花の枝に
　誰がなほざりの　袖かふれつる

「春が来るたび、あなたの家の梅の花を見るのを楽しみにしていました。それなのに、いったいどこの女が、私のように深い思いもなく、その袖をいい加減な気持ちで梅の枝に触れて香りを移してしまったのでしょう。私があなたの家に行く前に、他の女を呼ぶなんて」。

　これも和歌を使った遊びでしょう。

おわりに

　紫式部は物語を書く才能があり、それをもって長編の『源氏物語』を書いて有名になりました。そのころまで「物語」は子どもの読み物と思われていたのですが、紫式部は教養ある大人の読み物に高めたのです。

　また紫式部は当時の第一の権力者である藤原道長もその才能を認め、一条天皇の中宮であった長女彰子に家庭教師的な役割も含めて仕えさせました。経済的にも、また環境的にも安定させて『源氏物語』を書き続けさせようということです。その上、道長は紫式部を女性としてもとても気に入ったようです。本項ではそのことを軸に和歌を中心にして記しました。

4 清少納言 ～『枕草子』と苦しかった経済生活～

★清少納言関係系図

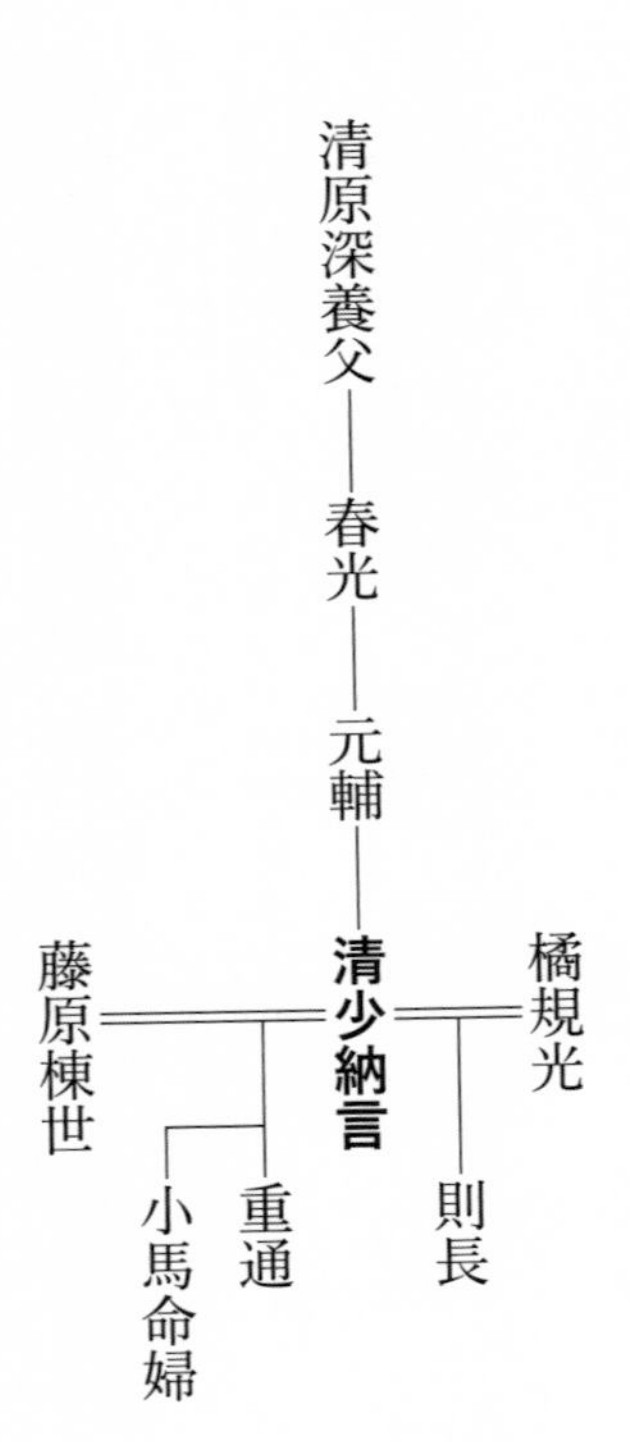
清原深養父
春光
元輔
清少納言
橘規光
則長
藤原棟世
重通
小馬命婦

はじめに

清少納言は平安時代前期の康保元年（九六四）から同三年ころに貴族の家に誕生したとされています（岸上慎二『清少納言』吉川弘文館人物叢書、一九八七年）。父は和歌の名人として知られた清原元輔です。そして曾祖父の清原深養父はさらに優れた歌詠みとして、『古今和歌集』の代表的歌人として知られていました。二人ともその和歌が『百人一首』に取り上げられています。

ただ、貴族とは言っても身分は低く、深養父も元輔も中級貴族の最下位である従五位下に叙せられたのさえかなり年を取ってからでした。貴族たちは基本的に官職ではなく、官位によって給料をもらいます。正六位上以下の下級貴族は貧乏で、アルバイト的な仕事をするのが普通です。元輔は他の人の和歌の代作をして生活費を稼いでいたようです。

成人した清少納言は天元五年（九八二）、橘則光との間に息子の則長を産んでいます。そして一条天皇の皇后である藤原定子に仕え始めます。正暦初年（九九〇）ころからです。清少納言は二十七歳くらいです。

清少納言は定子に気に入られ、その雰囲気の中で『枕草子』を書き始めました。これは随筆で、宮廷の様子や人間関係、そして清少納言自身の思うところが書かれている、非常に興味深いものです。現代日本人にとって、難しい言葉はあるとはいうものの、千年前に書かれた日本語の随筆を理解して読めるというのは、とても幸運なことです。世界的に見て滅多にあることではありません。

定子の父である関白藤原道隆は長徳元年（九九五）に亡くなりました。代わってその弟の道長が勢力を伸ばし、長保二年（一〇〇〇）に道長の娘で前年に一条天皇の後宮に入った十三歳の彰子が中宮となりました。定子は皇后ながら実質的な政治力は奪われてしまいました。さらにこの年、定子は皇女出産の直後に亡くなりました。清少納言はこのころに宮仕えを退いたと推定されています。失望し、元気が出なくなったのでしょう。

その後の清少納言の様子はよくわかりません。ただ藤原棟世という正四位下で摂津守になった人物と結婚し、息子と娘を産んだこと。その後、ということになると推測されますが、父元輔の荒れた旧居で暮らすようになったこと。そして寛仁四年（一〇二〇）ころ、あるいは万寿四年（一〇二七）ころに亡くなったと伝えられています。

六十年くらいの人生であったということでしょうか。

⑴　清少納言の誕生と結婚

清少納言の誕生

清少納言が生まれた正確な年ははっきりしませんが、康保元年（九六四）から同三年（九六六）ころとする説が多いです。成人し、一条天皇皇后藤原定子に女房として仕えた時の名前（女房名）が「清少納言」です。「清」はむろん「清原」から採ったものでしょう。「少納言」は身近な親族に少納言の者がいたから、と従来は言われていましたが、しかしその人は見当たりません。平松令三氏の調査によれば、三分の一くらいの女房名は、このように親族云々は無関係だそうです（平松令三『親鸞』吉川弘文館、一九九八年）。

ちなみに、少納言は大納言・中納言と並ぶ議政官（公卿のこと）ではありません。名称は似ていますが、議政官の下で事務的な仕事を担当する職で、従五位下相当です。したがって中級貴族の最下位の職です。清原家に相応の職ではあります。

橘則光との間に則長を産む

清少納言は、天元五年（九八二）、橘則光との間に息子の則長を産みました。則光は康保二年（九六五）生まれ、のちに従五位下から同上に昇った人物です。橘氏の氏の長者にもなっていますから、橘氏の中では有力な人物だったのでしょう。彼は勇猛な人物であり、和歌にも優れていたとの伝えが『江談抄』や『今昔物語集』『宇治拾遺物語』などに出ています。さらに『金葉和歌集』と『続詞花和歌集』にも和歌が一首ずつ採録されていますから、それなりに歌を詠む能力はあったのでしょう。しかし『枕草子』にはやや気弱な人物であり、和歌にも弱かったと記されています。

(2) 清原家の和歌の伝統

中級の下の貴族

清少納言の曾祖父である清原深養父が誕生した年は不明です。延喜八年（九〇八）に内匠少允、延長元年（九二三）に内蔵大允などを歴任しています。そして延長八年（九三〇）に従五位下に叙されています。中級の下ではありますが、家族を養える一人前の給料をもらえることになりました。

貴族たちは六位以下から従五位下になる（これを叙爵といいます）と大喜びをし、家族・親族集まってお祝いの会を開いたといいます。

清原深養父が従五位下に叙されたのは、何歳の時か不明です。でも延喜八年に内匠少允の職に任命されていますから、従五位下をもらったのはもう中年の時でしょう。しかもそれからずっと、それ以上の位には昇っていません。

経済的に苦しかった清原家

清少納言の父元輔は天暦五年（九五一）に河内権少掾に任命されています。四十四歳の時です。その後、いくつかの職を転々として、安和二年（九六九）、従五位下河内権守に任命されました。この時六十二歳、なんとこの歳にしてやっと中級貴族の仲間入りをして生活が安定したのです。

国司になると特別給がもらえる

ところで貴族の給料は官位に応じて与えられましたが、特別な官職には特別給が与えられました。その一つが国司です。全国の国司は四年任期で、その間はかなり家の財政が潤いますし、しかも現地に行けば役人や荘園領主らから、これまた賄賂が入ってきます。全国の国司に任命されるのは、ほぼ五位から六位の貴族たちです。上級の貴族は地方へ行くのを嫌がりますが、このような中級の下位から下級の上位の貴族たちは諸有力者に頼み込んで国司にしてもらうのです。

父の元輔、六十代〜八十代で国司を歴任

元輔は天延二年（九七四）には六十七歳で周防守、寛和二年（九八六）には七十九歳で肥後守に任ぜられて現地に下向しています。そしてこの間の天元三年（九八〇）、七十三歳にして従五位上に叙せられています。給料は一段階、上がったのです。そして永祚二年（九九〇）、八十三歳にして現地で亡くなっています。当時の平均寿命は四十二、三歳ですから、普通の二倍の長寿であったということになります。

曽祖父・清原深養父の和歌

深養父は歌人として有名でしたが、ここでは『古今和歌集』に採られ、また『百人一首』にも選ばれている次の和歌だけをあげておきます。

夏の夜は　まだ宵ながら　明けぬるを
　　雲のいづくに　月やどるらむ

「夏の夜というものはとても短いので、まだ日が暮れてまもない九時ころかと思っていましたら、もう明け方になってしまいました。月も西の山かげに隠れる暇もなかったでしょうから、いったい雲のどこのあたりに宿を取っているのでしょう」。

父・清原元輔の和歌

父も歌人として知られていました。前述したように、和歌の代作をしてあげて喜ばれていました。収入確保のための重要な方策でした。元輔についても、『後拾遺和歌集』に採られ、『百人一首』にも選ばれている和歌をあげておきます。

ちぎりきな　かたみに袖を　しぼりつつ
　末の松山　浪こさじとは

「約束したよね。涙に濡れた着物の袖をお互いに絞りながら、末の松山（宮城県多賀城市周辺）を波が越えるなんてあり得ないように決して心変わりしないと」。

深養父の「夏の夜」「雲」「月」、元輔の「袖（をしぼる）」は貴族たちが詠歌の時に好んで使った用語です。

なお、元輔の父春光（はるみつ）については従五位下・下総守（しもうさのかみ）であったこと以外、経歴はまったくわかっていません。

(3) 一条天皇の皇后・定子に仕える

さて清少納言は前述のように二十七歳ころから一条天皇の皇后定子に仕え始めました。定子は十八歳です。そのまだ日も浅いころ、定子から送られた和歌があります。『千載和歌集』に載るその和歌の詞書に次のようにあります。定子は「皇后宮」と呼ばれていました。

清少納言、定子に仕える

一条院御時、皇后宮に清少納言初めて侍りけるころ、三月ばかりにまかり出でて侍りけるに、かの宮よりつかはされて侍りける。

「一条天皇の時代、清少納言が皇后宮定子のもとに初めて出仕したころ、三ヶ月ばかりで宿下がりをしました。その時皇后宮から次の和歌が送られてきました」。

いかにして　過ぎにしかたを　過ぐしけむ
　暮らしわづらふ　昨日今日かな

「今までの日々はどのようにして過ごしてきたのでしたっけね。あなたがいなくなってからは夕暮れまでの時間を過ごすのが苦労する昨日今日になりましたよ」。

これに対して清少納言は次の返歌を送っています。

雲のうへも　暮らしかねける　春の日を
　ところがらとも　ながめつるかな

「皇后宮様の宮中でも時間を過ごすのに苦労されておられるのですね。この春の一日が長い日を、庭の木なども趣のない家にいるからそうなのだと思って、私もやはり所在なくぼんやりと過ごしておりました」。

清少納言は新入りながら、皇后定子にとても気に入られていたのです。知識も深いし、機知に富んだ受け答えもできたからでしょう。

清少納言、公の席での詠歌を避ける

ある夜、定子の部屋に皆で集まっていた時、定子が集まった女房たちに題を出して歌を詠ませようとしました。女房たちはああでもない、こうでもないと言いながら、和歌を工夫していました。うまい具合に和歌が詠めなかったのです。

ところが清少納言だけは定子にいろいろ違うことばかり話しかけて和歌を詠もうとしないのです。それを見咎めた、同席していた藤原道隆（定子の父）が、「何で詠まないんだね？」と尋ねました。それに対しても、清少納言は「むにゃ、むにゃ」と答えにならない答えをしていました。

するると定子が、

元輔が　後といはるる　君しもや
　今宵の歌に　はづれてはをる

「和歌の名人と言われたあの藤原元輔の娘のあなたが、今晩の題で和歌が詠めないのですか。変だわ」と紙に書いて清少納言に投げて送られたのです。

それを読んだ清少納言は、とてもおかしくて大笑いをしたので、道隆も「どうしたんだ、何なのだ」と聞いてきます。そこで、清少納言は、

その人の　後といはれぬ　身なりせば
　今宵の歌を　まづぞよままし

「あの優れた歌人の娘だということでなければ、今夕、真っ先に和歌をお詠みしますよ」と詠んで返したのです。あわせて、「そんなことがなければ、いくらでも、千首でもお詠みします」と定子に申し上げました、と『枕草子』には記されています。

清少納言は和歌の会で、「和歌の名人の元輔の娘」と言われるのが嫌だったのです。父の名を汚したくなかったから、という見方もありますが、その前に「さすが優れた和歌だ」と言われる和歌を作るのがやっかいだったのでしょう。そう簡単に優秀な和

歌が詠めるものでもないでしょう。

(4)『枕草子』を執筆

『枕草子』

『枕草子』は、清少納言の執筆と伝えられています。彼女が仕えた皇后宮定子の宮廷とその周辺の様子や、日常生活・四季の自然の様子などが平仮名を中心とした和文で綴られています。

内容は三百段以上にもわたりますが、全体として簡潔な文章で、しかも一段の長さの短いものが多く、読みやすいです。

ただ『枕草子』は多くの人に読まれた結果、いろいろな人によって編纂され、またまとめられました。さらにその際には手書きで写されて伝わっていったので、その分量もさまざまになりました。それで実は清少納言が書いたとされる『枕草子』の原形がどのようなものであったかは明らかでないのです。

『枕草子』に見られる清少納言の和歌――法華八講に出席

それでも、現在に残る『枕草子』には二十〜三十首の清少納言の和歌が収められています。彼女の日常の生活が偲ばれて興味深いです。

『枕草子』第三十四段に、ある時、清少納言は東山の阿弥陀峰にある菩提寺の法華八講という法要に出席しました、とあります。これは『法華経』八巻を朝夕一巻ずつ講義し讃歎し、四日間で終わる法要です。

ところが、「早く帰ってきてください、とても淋しいです」と連絡があったので、清少納言は蓮の葉の裏に次の和歌を書いて返事を送ったそうです。

もとめても　かかるはちすの　露をおきて
うき世にまたは　かへるものかは
（『後拾遺和歌集』『百人一首』）

「あなたの希望であっても、蓮の葉の上にこんなきれいな白露がかかっているのをそのまま置いておき、ありがたい法要を退席してうっとうしい俗世間に帰る気もしませんよ」。

そして『枕草子』に、清少納言は「とてもありがたく心を打つ法要ですから、今日は泊まって明日も出席したいと思っています。でも四日間も泊まったら連絡をくれた人は困るだろうな」とは思いました、とあります。

『枕草子』に見られる清少納言の和歌――藤原行成との交際

また『枕草子』第一三一段に、ある夜、大納言藤原行成が清少納言の家に来て、夜遅くまで話し込んでいました、とあります。しかし物忌みがあるからと帰ってしまいました。清少納言が怒っていたところ（清少納言は男女関係を期待していたことになります）、それと察した行成が、翌朝、「鶏が鳴いたので、もう朝かと思って帰ってきたんだよ」と弁解の手紙を送ってきました。「嘘をついてもだまされない、あなたの弁解は受け付けないよ」と古典の知識を込めながら拒絶した、という和歌で受け返します。

　夜をこめて　鳥の空音は　はかるとも
　　よに逢坂の　関はゆるさじ
（『百人一首』）

「夜明け前だったのに、鳥（鶏）が鳴いたからと嘘をついて帰ったのを、今さら手紙で弁解してきても、私の家の門番は門を開けず手紙は受け取りませんよ」。

　当時の男女交際は、男性は夕食後に女性の家に行き、朝、夜が開けて明るくなる前に帰ることになっていました。明るくなりかかる時間帯が曙です。その前、まだ真っ暗な時間帯を暁（あるいは暁時）といい、夏なら午前一時から四時頃です。四時過ぎになると東の空が明るくなり始め（まだ太陽は昇っていません）、鳴く鶏もいます。「朝が来た」と喜んで鳴くのでしょう。これが曙です。

女性の家に泊まった男性は、まだ真っ暗な暁のうちに帰るのが常識でした。明るくなりかかると、他人に誰だか確認されてしまいます。それはみっともないこととされていたのです。ですから、ほんとうは鶏が鳴いてから帰るのでは遅いのですが、それでも鳴いたら急いで帰る必要がありました。

藤原行成に対して送った清少納言の和歌には、以上のような背景があったのです。

(5) 宮仕えを退く

皇后定子の没

皇后宮定子の父藤原道隆は、長徳元年(九九五)に亡くなりました(本書「藤原道長」の項参照)。その後は道隆の弟道長が勢力を伸ばし、長保二年(一〇〇〇)、定子は皇后ながらいろいろな権限を取り上げられ、前年に女御として後宮に入ったばかりの道長の娘彰子が中宮となり、その権限を実行するようになりました。皇后と中宮が初めて合わせて二人となったのです。

そしてこの長保二年、悲運の定子は皇女を産んでまもなく亡くなってしまいました。

清少納言、宮仕えを退く

定子の恩寵を受けていた清少納言は、がっかりしたのでしょう、定子の没後に宮仕えを退きました。三十五歳から三十七歳のころでした。

⑹ 清少納言のその後の生活

藤原棟世と結婚

そののち、清少納言は藤原棟世と結婚し、男子重通（しげみち）と女子小馬（こまの）命婦（みょうぶ）を産みました。棟世は清少納言の二十歳以上の年上だったようですが、最後には正五位下に昇り、諸国の国司を歴任しました。定子が亡くなった直後は摂津守で、宮中を出た清少納言は摂津国で同居していました。

赤染衛門が見た清少納言の生活

清少納言より十歳ほど年上で、二十年くらい長生きした歌人の赤染衛門（あかぞめえもん）に、『赤染衛門集』という和歌集があります。その和歌には、晩年にとても貧乏になった清少納言が、父の元輔の所有であった荒れた家に住んでいたことが出てきます。

跡もなく　雪ふるさとは　荒れにけり
いづれ昔の　垣根なるらん
（『新古今和歌集』）

「足跡も見えないほど雪がたくさん積もった、昔、元輔殿が住んでいた清少納言さんの荒れた家では、どれを本来の垣根と見たらいいのでしょう」。

『古事談』は鎌倉時代前期に編纂された、主に漢文の説話集です。そこには次のようにあります。

『古事談』に見るその後の清少納言

清少納言、零落の後、若き殿上人あまた同車し、かの宅の前を通る間、宅の体破壊したるをみて、「少納言、無下にこそ成りにけれ」（下略）。

「清少納言がすっかり落ちぶれたのち、大勢の若い貴族たちが牛車に乗って清少納言の家の前を通りかかり、家が破れ壊れているのを見て、『清少納言も落ちぶれちゃったなー』」と言ったというのです。

『古事談』には続けて、「鬼形のごとき女法師（鬼のような尼姿）」が顔を出して若き殿上人たちとやり合った、とあります。もちろんこの「女法師」はすでに出家していた清少納言でした。ここでは和歌など詠む余裕はありません。

おわりに

清少納言は、有名な随筆『枕草子』を書いた、機知に富んだ女性。さらには他の人をかなり批判的に見ることが多かった女性として知られてきました。それは確かにそうだったのですが、貴族とはいいながら出身の身分が低く、中宮定子に出仕している時以外は経済的に苦しいことの多い人生だったようです。特に晩年はひどい貧乏暮らしでした。

また曽祖父の清原深養父や父の清原元輔は、いずれも和歌の名人ともいうべき人物でした。そこでその名を汚したくないためか、あるいは比較されて自分が低く見られるのが嫌だったのか、公の席ではあまり積極的に和歌を詠むことはしなかったようです。ただし古典の教養が深く、話も上手だったようで、若いころ出仕した一条天皇の皇后藤原定子にはとてもかわいがられました。

清少納言と紫式部とは対立関係にあった、あるいはお互いに嫌っていたという件ですけれども、実際はどうだったのでしょうか。清少納言が仕えた藤原定子は藤原道隆の娘、紫式部が仕えた藤原彰子は道長の娘、いずれも一条天皇の皇后と中宮ですから、対立関係にあったことは間違いありません。その関係から、紫式部と清少納言はお互いに好意を持っているなどと言えるはずはないでしょう。

5　白河天皇

～院政を始め、貴族との融和に尽力～

★白河天皇関係系図

後冷泉天皇——後三条天皇（尊仁親王）——**白河天皇**（貞仁親王）——堀河天皇（善仁親王）——鳥羽天皇——崇徳天皇

はじめに

白河天皇(しらかわてんのう)は、後冷泉天皇の東宮尊仁親王(たかひとしんのう)(のちの後三条天皇(ごさんじょうてんのう))の第一皇子として天喜元年(一〇五三)に生まれました。貞仁(さだひと)と名付けられました。そのころは藤原氏の摂関政治の全盛期でした。まず藤原道長が長徳元年(九九五)に朝廷の権力を握り、大勢力となりました。道長が万寿五年(一〇二八)に亡くなった後は、その息子頼通が治暦(じりゃく)三年(一〇六七)に関白を辞任するまで四十年以上にわたって権力を握りました。さらにそののちは弟の教通(のりみち)が延久(えんきゅう)三年(一〇七一)に太政大臣を辞任するまで朝廷の頂点に立っていたのです。

当然、摂関家に対する他の貴族(摂関家以外の藤原氏も含む)や皇室の不満は高まります。それに頼通や教通には入内(じゅだい)した娘たちから皇子は生まれませんでした。「天皇の外祖父」になるというのが摂関政治で権力を握れる必須条件でもありましたので、頼通も教通も必死だったのですが、どうにもなりませんでした。

当初、摂関家に冷遇されていた尊仁親王は、治暦四年(一〇六八)に即位し、後三条天皇となりました。同時に貞仁王は親王宣下(しんのうせんげ)を受け、翌年に立太子、さらに三年後の延久四年（一〇七二）には後三条天皇の譲位によって即位し、白河天皇となりました。二十歳でした。こののち天皇家・摂関家・他の藤原氏・貴族たちの中で大小さまざまな争いが続きました。白河天皇の課題は、いかに彼らの争いを鎮め、自分を尊敬させ、自分に従わせるかということでした。そのために官位官職の与え方を工夫するとともに、貴族たちとともに心を一つにしようとする和歌の会を催したりしました。また彼らとともに大井川・嵯峨野その他の場所へ遊びに行き、あわせて和歌の会も開いて楽しみました。

それが成功しつつある中で、応徳三年（一〇八六）、白河天皇は息子で八歳の善仁親王を即位させました。堀河天皇です。以後、鳥羽天皇・崇徳天皇と、合わせて三代の幼い天皇を助けて四十三年間も院政を敷きました。この間、天皇の王権を超えた政治権力をも行使するようになりました。これは武家社会で惣領が一族を統率する強い力を持ち始めたことに対応するものでした。やがてこの天皇家の絶対者は治天の君と呼ばれるようになりました。

ただ白河上皇は皇族・貴族の融和を図る努力は欠かさなかったのです。その一つが和歌を使って味方を増やしていこうという努力でした。

　やがて白河上皇は出家して白河法皇と呼ばれるようになりました（美川圭『白河法皇――中世をひらいた帝王』角川ソフィアブックス、二〇一二年）。ただ現代において白河「法皇」という呼び方はあまり一般化していません。それは、のちに後鳥羽上皇（ごとばじょうこう）が承久（じょうきゅう）の乱で敗れて出家して法皇になったのですけれど、「後鳥羽法皇」と呼ばれることがないのと同じです。

　白河上皇は大治（だいじ）四年（一一二九）七月二十四日、七十七歳で亡くなりました。和歌も得意だった白河上皇ですが、現存しているのは二十八首程度です。天皇ですから臣下の批判ないし悪口めいた和歌は詠むのは難しかったでしょう。そのような内容の和歌は見当たりません。

　国王は文武の二つの方法で国を治めるのがもっともよい、というのが中国以来の国家支配の考え方です。そして文武の「武」は武力、「文」は文化力です。特に重要なのは「文化力」とされました。

　日本の平安時代においては、「文」支配の効果的な方法は和歌によって人々の心を惹きつけ、平和にしていくということでした。現存する数は少ないですけれども、白河天皇の残した詠歌からはその傾向が明らかに読み取れます。以下、そのことを中心に本項を進めていきます。

(1) 白河天皇の誕生と親王時代

白河天皇の誕生

白河天皇は天喜元年（一〇五三）に誕生しました。名は貞仁です。父はまだ後冷泉天皇の東宮（皇太子）であった尊仁親王（のちの後三条天皇）で、その第一皇子でした。尊仁親王は当時全盛だった関白藤原頼通に冷遇されていましたので、当然、貞仁王も日が当たらない人生であろうことが予測されました。

父後三条天皇の意欲

しかし貞仁王は治暦元年（一〇六五）に元服、三年後に父が即位して後三条天皇になると親王の称号を与えられ、貞仁親王となりました。後三条天皇は摂政や関白に政治の主導権を取られるのではなく、天皇として主体的に政治をしたいという意欲を持っていました。天皇は、この時十五歳の貞仁親王に有力な相談役になってもらおうと期待していたようです。

(2) 白河天皇の在位時代とその和歌

延久四年（一〇七二）十二月八日、貞仁親王は後三条天皇から譲位されて白河天皇となりました。二十一歳でした。これは後三条天皇が病気を抱えていたからのようです。事実、翌年の延久五年（一〇七三）、後三条天皇は亡くなりました。まだ四十二歳でした。この間、将来に向けての皇位継承については、白河天皇は後三条上皇と方針を異にし、他の皇族、あるいは摂関家をはじめとする貴族たちとの間にもいろいろな問題がありました。しかし巧みに乗り切っていきました。

白河天皇、即位する

白河天皇、即位二年後の和歌

白河天皇はまだ二十歳過ぎに即位したのですが、天皇はどうあるべきか、十分に理解していた気配です。即位二年後の承保（じょうほう）二年（一〇七五）四月十八日、宮中の清涼殿（せいりょうでん）（天皇が日常の政務を行なう場所です）で歌会が開かれました。この歌会には左大臣藤原師実（ふじわらのもろざね）、参議源経信（みなもとのつねのぶ）らが参加しており、まず天皇が「久しく名月を契る（ずっときれいな月と仲よくしよう）」というテーマでお話をしました。そののち、このテーマの心を詠み、皆に披露したのが次の和歌です。白河天皇の和歌として残っているもっとも早い時期の和歌です。

しづかなる　けしきぞしるき　月かげの
やほ万代を　照すべければ
（『玉葉集』）

「静かに照らしている月の姿がはっきりしています。これからずっとずっと照らさなければなりませんから。私もそのようにしたいものです」。
　白河天皇の情熱を込めた、しかし静かな決心が込められているのではないでしょうか。

大井川の和歌

　翌年の承保三年（一〇七六）十月二十四日、白河天皇は大井川（保津川、あるいは桂川ともいいます。静岡県の大井川ではありません）に行き、嵯峨野で紅葉狩りや鷹狩りなどをして楽しみました。
　この「承保三年十月二十四日」は西暦一〇七六年十一月二十三日に当たります。秋も深まり紅葉もきれいになっていたでしょう。また鷹狩りは軍隊の戦争の訓練の意味もあります。朝廷に仕える武官の指揮者としての天皇が行なうべき仕事であるのです。

この時に行なわれた歌会で、白河天皇は次の和歌を詠んでいます。それは、『十訓抄』によると、

大井川　古き流れを　たづね来て
嵐の山の　紅葉をぞ見る

「大井川の、宇多法皇が始めたこの古くからの伝統ある行幸の地を訪問し、見たかった嵐山の紅葉を見て感動していますよ」とあります。この大井川行幸は、新天皇が行なうべき伝統ある行事でもあったのです。

好評な大井川の和歌

また、行幸のお供をした一人である前中納言藤原伊房は次の和歌を詠んでこの行幸を言祝いでいます。

おほゐ河　けふのみゆきの　しるしにや
千世にひとたび　すみわたるらん

「大井川は濁っていることもあると聞いていますが、今日は白河天皇がいらっしゃるということなので、敬意を評する気持ちから、千年に一度だけ澄みわたる日を今日にしたのでしょうね。澄んでとてもきれいです」。

若い白河天皇は評判がよかったのでしょう。この時に和歌を献じた人々には、右大

臣土御門師房、大納言源経信、大納言藤原公実、権大納言藤原俊家、中納言藤原祐家、前中納言藤原伊房、前中納言藤原匡房、式部卿淳賢親王、弁乳母らがいました。

この行幸の様子は『今鏡』や『十訓抄』さらには『扶桑略記』に記されています。その中の『十訓抄』には、この白河天皇が詠んだ和歌について次のように解説しています。

『十訓抄』の高い評価

白河院、御位の時、野の行幸といふことありて、嵯峨野におはしつきて、（中略）歌も多く聞こえける中に、御製ぞすぐれたりける。（中略）通俊中納言、後拾遺をえらばれける時、入れたてまつりけり。

「白河天皇は、在位の時に野原に行かれるということがあって、嵯峨野に行かれ、（中略）お供した貴族たちも多く和歌を詠んで差し上げた中でも、天皇の御歌は優れた和歌でした。（中略）そこで中納言藤原通俊が『後拾遺和歌集』を編纂した時に入れました」。天皇としての和歌も立派だというのです。

通俊はもともとの身分は高くない中級の貴族だったのですが、能吏であり、天皇に気に入られて近臣（天皇の側近）として活躍しました。天皇が上皇として院政を開いてからは院庁（いんのちょう）別当（べっとう）になりました。院庁とは、上皇の仕事を助ける直属機関です。通俊は最終的には従二位に至っています。

貴族たちと心を通わせる

白河上皇は和歌の会をしきりに催しました。摂関政治の絶頂期から院政への展開と、政治的に意欲のある上皇が、貴族たちと心を通わせ得るよい機会だと判断していたのです。

その和歌の会ではただ「和歌を詠むように」だけではあまり盛り上がりませんので、歌題を設定して皆で詠み合うことが多かったのです。その際には、結局はありふれた題の方が詠みやすかったようです。

「ホトトギス」で心を通わせる

次は『新古今和歌集』に載った、「客を待ちて郭公（ほととぎす）を聞く（人が来るのを待っている間にホトトギスの鳴き声を聞いた）」ということの心を詠んでくださいという歌題で詠んだ和歌です（詠んだ人は未詳です）。ホトトギスは春から夏にかけて南方から飛来し、子育てをし、秋には南方の越冬地に移ります。日本に来るホトトギスは四種類ほどあり、鳴き声は雄が「キョッキョッキョキョキョキョキョ」とも聞こえ、「ホ・ト…ト・ギ・ス」とも聞こえます。「忍び音（ね）」とはその年最初に聞こえた鳴き声のことです。

ほととぎす　まだうちとけぬ　忍び音は
　　こぬ人をまつ　我のみぞ聞く

「ほととぎすの、いまだこの地域の雰囲気に慣れていない夜中の初鳴きは、約束してくれたのにまだ来ていない人を待っている私だけが聞いています」。「(明日の晩に)行くよ」と約束した男がまだ来ていないのを待ち遠しく思い、「まもなく夜明けになっちゃうよ」と焦る女性の立場で詠んでいるのです。

この時、同時に白河天皇は次の和歌も詠んでいます。

もろともに　聞かましものを　ほととぎす
　　たのめし人の　はやきまさなん
(『顕季集』)

「あなたと一緒にほととぎすの鳴き声を聞きたいのに。来ると言ったあなた、早く来てください」。

ここでも白河天皇が、恐らく利害関係も異なるであろう貴族たちと心を通わせ合おうと努力している姿が見えます。

天皇時代の最後の和歌か

次は『古今集』(秋下)に出る、天皇時代最後に詠まれたのではないかと推定される和歌です。「林の葉、漸く変わる（林の木々の葉がやっと色づいてきました）」というテーマで詠まれたものです。和歌中、「ははそ」は楢（なら）類および櫟（くぬぎ）の木の総称です。

ははそ原　しぐるるかずの　つもればや
見るたびごとに　色かはるらん

「ナラ・コナラ・クヌギなどが生えている林は、晩秋から初冬にかけて、降ったり曇ったり晴れたりを繰り返す天候が積み重なっているからでしょうか、見るたびに色がきれいに変わっていくのでしょうね」。

⑶ 白河天皇の上皇時代

白河天皇、譲位して上皇となる

白河天皇は巧みに、また強力に自らの政治方針を推し進めてきました。そして本来は自分の息子の系統に皇位は継承されないはずだったのに、偶然のできごとも利用し、応徳三年（一〇八六）十一月に八歳の息子善仁親王を皇太子に立て、その日のうちに皇位を譲って堀河天皇としたのです。そして関白などはありながら、自分が幼い天皇を助けていくという意向を示し、従来からの政治をいっそう強く推し進めました。これが院政の開始です。平安時代・鎌倉時代は天皇も上皇も「白河院」などと「〜院」と呼ばれましたので、院政とはその「院」が行なう政治という意味です。

摂関政治の性格

天皇ですと皆に尊敬される立場ですから、先頭に立って政治を行なうのは難しい面があります。失敗したら誰が責任を取るか。天皇に責任を取らせるわけにはいきませんので、「誰がそのように進言したんだ」と収拾がつかなくなります。天皇でなく摂政・関白なら、責任を取って辞任をすれば済むのです。実際にはなかなかそうはなりませんが、天皇に傷がつかないことは確かです。

院政の性格

摂政・関白は、天皇の外祖父として天皇の権威の一端をもらって政治をします（外祖父でない場合もありますが）。ところが天皇の父である上皇ならばその権威は絶対です。つい先日までは天皇その人であったわけですし。むろん失敗した場合の責任の取り方は摂政・関白と同様で天皇自体に責任は及びません。

白河上皇は、政治家として高い能力を持っているとの評判が増す中で、さらに強力に政治を推し進めるために退位して上皇となり、のちに「院政」と呼ばれる政治形態を作り出したのです。

大井川への御幸と和歌の会

白河天皇は上皇になってからも、各地へ多くの貴族たちを引き連れて遊びに行っています。天皇の外出は行幸ですが、上皇の場合は御幸といいます。

その最初のころの御幸でまた大井川に行き、帰ってから六条院（京都六条にある屋敷）で和歌の会を開きました。その歌題は「落葉、水に満つ（たくさん落ち葉が水に浮いている）」でした。白河上皇は次の和歌を詠んでいます。

大井河　ゐせきにとまる　もみぢ葉は
　立ちくる波に　流れぬるかな

「大井川の堰き止めてあるところに浮いている紅葉は、沸き起こってきた波に流されてきたのですね」。

熊野への御幸と和歌の会

白河上皇は、譲位してから熊野神社へ参詣することが多くなりました。合わせて九回、その最初が寛治四年（一〇九〇）の御幸です。この年、一月二十二日に京都を出発し、二月十日に戻っていますから、二十日間弱の旅です。沿道の光景を見ながら旅をするのは、皇居にいるよりずっと楽しかったことでしょう。次はこの時かどうかは不明ですが、熊野御幸で詠んだ和歌です。『新古今和歌集』掲載の時の詞書に、

　熊野へまうでたまひける時、みちに花のさかりなりけるを御覧じて、

「白河上皇が熊野神社へ参詣された時、その道の桜の花が満開なのをご覧になって」とあります。続けて、

　さきにほふ　花のけしきを　みるからに
　　神の心ぞ　空にしらるる

「桜が咲き、その香りが漂う左右の光景を見ながら進んでいると、熊野の神の心が空に満ちているのが感じられる」。

　上皇が熊野に参詣するのは、いつも季節のよい時期とは限りません。『続千載和歌集』（冬）に載っている次の和歌は冬の参詣です。

　おきつ風　吹あげの千鳥　夜やさむき
　　明がたちかき　波に鳴くなり

「沖から風が吹き上げてくる。千鳥たちも寒い夜を過ごしたことだろう。そろそろ明け方も近い波に揺られて鳴いている」。

白河上皇の熊野御幸の時期は、全九回の参詣で、
（春）一月一回、二月二回
（秋）九月一回、閏九月一回
（冬）十月三回、十一月一回
となっています。
暑い夏は除き、紅葉のきれいな九月・閏九月・十月が多く、半分を超えています。上皇は紅葉が好きだったのでしょう。それぞれほぼ二週間余りの行程でした。上皇とお供の貴族たちは牛車に乗っていくのですから、景色を見ながら楽しかったことでしょう。ただ冬の寒い時期にはお誘いの声がかかるのを恐れていた貴族もいたのではないでしょうか。

おわりに

奈良時代から諸氏族には「氏の長者」という存在がありました。氏の指導者です。そこには権威だけではなく、経済的な基盤がついていることが多かったようです。代表的なのは藤原氏の氏の長者でした。やがて藤原氏が摂政または関白として朝廷を指

導するようになると、その摂政・関白になった者が氏の長者を兼ねる慣例になりました。この藤原氏の氏の長者には経済的特権としてさらに多くの荘園が付随するようになり、それは殿下の渡領と呼ばれるようになりました。したがって藤原氏内部での摂政・関白争いもいっそう激しくなったのです。

また一方では平安時代に勢力を発展させ始めた武士は、日常が戦闘態勢に入っていました。当然、強力な軍事的指導者が必要です。それを惣領と呼びました。

さらに天皇家においても、単なる権威を持った天皇というだけでなく、実質的な指導力を持った者が必要とされるようになりました。天皇も「〜天皇」ではなく、「〜院」と呼ばれるようになっていました。「院」とは、本来、「立派な屋敷」といった程度の意味です。藤原氏等の実力政治家に揉まれて、天皇の権威が下がってきていたことの象徴でもあります。

「〜院」と呼ばれたのは天皇であり、また上皇も同様でした。

このような中で、天皇家の意欲のある者が強力に政治を行なおう、と開始したのが院政でした。その最初が白河天皇であり、鳥羽天皇・後白河(ごしらかわてんのう)天皇と続きました。約百年間でした。この天皇家の指導者は、やがて「治天の君」と呼ばれるようになっていきました。そして藤原氏の氏の長者と同じく、膨大な荘園が治天の君には付随するようになっていったのです。それは何百ヶ所にもわたりました。

むろん、強権を振り回すだけでは他の後続や貴族はついてきません。白河上皇は彼らを心情的になだめるため、彼らを率いて各地に遊びに出かけ、歌会を開きました。遊びに行く所は主に嵯峨野の大井川と紀伊国（きいのくに）の熊野神社でした。現在残っている白河天皇（上皇）の和歌は二十八首程度しかありませんけれども、その多くがこの二ヶ所への行楽に関わる和歌です。本項ではこれらの和歌に込めた、単なる権力者ではない、意欲的な政治家白河天皇の思いを探りました。

6 源頼政

～優れた武将、と今まで錯覚されてきた～

★源頼政関係系図

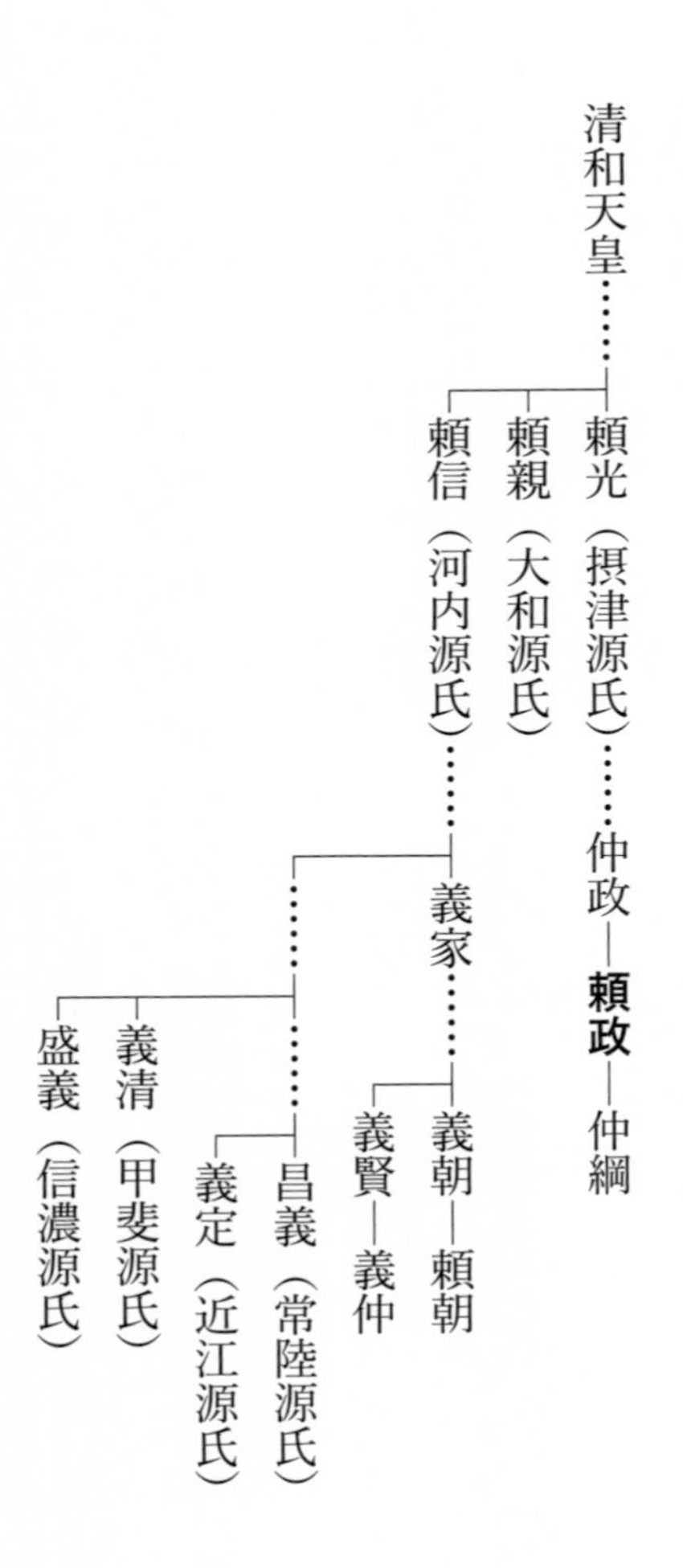

清和天皇
頼光（摂津源氏）
仲政
頼政
仲綱
頼親（大和源氏）
頼信（河内源氏）
義家
義朝
頼朝
義賢
義仲
昌義（常陸源氏）
義定（近江源氏）
義清（甲斐源氏）
盛義（信濃源氏）

はじめに

源頼政は、平安時代後期の長治元年（一一〇四）に生まれ、鎌倉時代直前の治承四年（一一八〇）に亡くなった朝廷の武官（軍人として仕える者）です。

頼政は、清和源氏の主な流れの一つである摂津国を地盤とする摂津源氏で、もともとの身分は低かったのですが、保元の乱や平治の乱に参加し、平清盛に味方して勝ち抜きました。しかし恩賞をもらうことはできず、悶々としていました。その気持ちは、和歌に示されています。そこで気の毒に思ったのでしょう、平清盛の援助で従三位まで昇ることができました。

でも清盛が大勢力になっていくのに対し、自分の朝廷の中での扱われ方に納得がいかなかったようです。後白河法皇の皇子である以仁王を担ぎ、当時全盛の清盛を倒そうと立ち上がりました。しかし宇治川の戦いで敗れ、宇治の平等院で切腹して果ててしまいました。七十七歳でした。

以上の状況を『平家物語』は大きく取り上げて記述しています。そして物語である『平家物語』の背景の歴史的事実を掘り起こす作業も行なわれています（栃木孝惟

『源頼政と平家物語　埋もれ木の花咲かず』吉川弘文館、二〇二二年）。

ところで頼政に関しては、「清盛にいじわるされて親王の称号を得ることができなかった以仁王を気の毒に思い、武力に優れた頼政が挙兵したが、武運つたなく敗れて命を失うことになった。それは源頼朝が挙兵して成功する直前だった、気の毒だった」――今日までこのように語られることが多かったです。

しかし、頼政はほんとうに武力に優れていたのでしょうか？　以仁王はほんとうに清盛にいじわるされていたのでしょうか？　頼政に同情的な風潮が今日まで続いているのはなぜでしょうか？　本項はこれらの疑問を背景にしながら、和歌を使って頼政の思いを見ていきます。

(1) 源頼政の誕生

摂津源氏に生まれる

源頼政は長治元年（一一〇四）に生まれました。父仲正（なかまさ）は清和天皇の流れを汲む源氏で、朝廷の兵庫頭（ひょうごのかみ）を務めていました。「兵庫」は兵器の管理所です。兵庫頭は従五位上相当の武官の官職ですから、仲正は貴族ではあるのですけれども、中級の下程度の位置でした。

清和源氏は、各地に住んで勢力を伸ばしていました。京都にいるだけでは勢力がだんだん小さくなっていくばかりだったからです。

頼政の官職

頼政は父と同様、身分があまり高くない武官として生きていました。

若いころのことは明確ではありませんが、二十六歳までには白河院判官代（しらかわいんほうがんだい）になっていたようです。上皇の仕事を助ける直属機関を院庁と称しました。その責任者を別当といい、別当を助ける次官を判官代といいました。判官代は五位・六位の者数人が務めたようです。

保延（ほうえん）二年（一一三六）には従五位下に叙せられ、最下位ながら貴族の仲間入りをしました。三十三歳の時でした。

武官を思わせる和歌

頼政は武官でも和歌が得意だったようです。ある時、次のような和歌を詠みました。

花咲かば　告げよと言ひし　山守（やまもり）の
　来る音すなり　馬に鞍おけ
　　　　　　　　　　　　　　　（『源三位頼政集』）

『桜の花が咲いたら教えておくれ』と伝えておいた山の警備人が近づいてくる。その馬の蹄（ひづめ）の音が聞こえてくるぞ。きっと桜の花が咲いたに違いない。さあ早く馬に鞍を置け。早速桜の花を見に行こうではないか」。

武官でない貴族でしたら、牛車に乗って見物に行くのです。それなら「さあ牛車の準備をせよ」です。「さあ馬に乗って行こう」というのはいかにも武官の発想です。

(2) 歌人としての頼政

頼政、和歌を近衛天皇に献上

頼政は近衛天皇(このえてんのう)に次のような和歌を差し上げたと『平家物語』巻一に示されています。近衛上皇は永治(えいじ)元年(一一四二)から久寿(きゅうじゅ)二年(一一五五)までの在位でした。ある時、近衛天皇を囲んだ和歌の会があり、天皇は「深山(みやま)の花(山の奥に咲く桜)」という題を出しました。しかし出席した者はよい和歌が詠めず、困ってしまったところ、頼政だけが和歌を詠めたのです。

深山木の　そのこずゑとも　見えざりし
さくらは花に　あらはれにけり
(『源三位頼政集(げんざんみよりまさしゅう)』)

「深山のたくさんある木々の中で、どれが桜の枝の先の部分とも見分けることができなかったのに、季節になって咲いた花によってあれが桜かとすぐわかるようになりました」。

この和歌はその情景が目に見えるようでわかりやすく、趣も深く、上皇は名歌だ、と感動したそうです。こうして頼政は優れた歌人との評判が高まりました。

頼政、優れた歌人としての自信

『源三位頼政集』には、頼政が弟の屋敷で行なわれた歌会で次のような和歌を詠んだとあります。

暮れぬ間は　花にたぐへて　散らしつる
　心あつむる　春の世の月

「一日のうち、日が暮れるまでは散ってしまった花を残念に思い、同時に散らしてしまった自分の心を、日が沈んでからは、空に昇る暖かな春の月を鑑賞するために再び集めるのです」。

同じ春の季節でも、花に向き合う時と月に向かう時とでは心の持ちようが異なります。鑑賞する対象によって感動の仕方が異なることを、自信を持って明確に述べています。頼政は自分の詠歌能力に自信があったということでしょう。

優れた歌人であるとの評判

頼政は、当時非常に優れた歌人であるとの評判であった僧俊恵（しゅんえ）に指導してもらっていました。その俊恵が頼政を誉めそやしていたことが鴨長明（かものちょうめい）の『無名抄（むみょうしょう）』に記されています。その詞書に「卿（きょう）」とあるのは従三位以上の者を示す言葉ですから、この評は頼政が従三位になった治承二年（一一七八）以降のことでしょう。なお、頼政はこの二年後に宇治の平等院で亡くなっています。

> 頼政卿はいみじかりし歌仙也。心の底まで歌になりかへりて、常にこれを忘れず心にかけつつ、鳥の一声鳴き、風のそそと吹くにも、まして花の散り、葉の落ち、月の出入り、雨雲などの降るにつけても、立居（たちい）起き臥しに、風情をめぐらさずといふことなし。真に秀歌の出て来る、理（ことわり）とぞ覚え侍りし。

「頼政殿は歌詠みがとても上手な人です。心の奥底まで歌人に成り切り、いつも和歌のことを心に思い、鳥がちょっと鳴くとか、風がほんの少し吹いても、もちろん花が散ったり葉が落ちたり、月が昇ったり山の向こうに入ったり、雨が降ったり雲が出たりする時にでも、立って眺めている時や起きたり横になったりする機会にも、その情趣を思いやらないことはありませんでした。こういうことですから、ほんとうに優れた和歌が詠めるのだなあと思うのです」。

しかし頼政の本領は武官だったはずです。戦争が得意でなければなりませんし、それに関わって、政治的にも巧みな行動が必要です。それができたかどうか。以下、そのことについて見ていきます。

⑶　保元の乱と平治の乱

保元の乱

保元元年（一一五六）、京都で大乱が起きました。後白河天皇と兄の崇徳上皇との戦いです（保元の乱）。頼政はすでに五十三歳になっていました。軍略面でも政治的な動きにも円熟した時期であったはずです。天皇方は源義朝（みなもとのよしとも）をはじめとして多くの武士を呼び集めました。その中に頼政も入っており、平清盛も入っていました。『保元物語』上巻には、「清盛は多勢（たぜい）の者（清盛は多数の軍勢を抱えている）」で「六百余騎」とあります。また同書には、義朝は「三百余騎」、頼政は「二百騎計（ばかり）」とあります。上皇方も多くの武士を集めました。

保元の乱は、戦術に優れた義朝・清盛の活躍で後白河天皇方が勝ちました。しかし頼政はこの乱の中では目立った戦いぶりは見せていません。そして手柄は大したことはないのに政治的に上手に立ち回って恩賞をもらえた、ということもありませんでした。

ちなみに敗れた崇徳上皇は讃岐国に流され、その地で八年後に亡くなりました。上皇は自分の運命を恨み、没後は怨霊になったと伝えられました（山田雄司『崇徳院怨霊の研究』思文閣出版、二〇〇一年）。

従五位上に昇る

三年後の保元四年（平治元、一一五九）一月、頼政は従五位上に叙せられました。これは前年の保元三年十月に二条天皇が即位した時、兵庫頭として活躍したことによるとの理由でした。この職は武器の管理が仕事ですから、必ずしも武官である必要はありません。頼政は和歌の名人として天皇や貴族の間では評判がよかったのでしょう。

平治の乱

そしてこの年十二月（四月に平治と改元）京都で戦争がありました。平治の乱です。この戦いは、保元の乱後、清盛が朝廷で大きな勢力を持ち始めたことに危機感を感じた義朝が起こした戦争です。義朝は、清盛が熊野詣に行っている隙に京都でクーデターを起こしたのです。しかし戦略に優れている清盛は、夜を日に継いで駆けつけ、たちまち義朝を破ってしまいました。

清盛は、義朝が京都を制圧する前に早く駆けつけねばと急ぐ途中、和泉国の大鳥（鳳）神社で神に奉納したという和歌があります。清盛作として唯一、伝えられている和歌です。

かひこぞよ　帰りはてなば　飛びかけり
はぐくみたてよ　大鳥の神

「私はまだ成虫前の蚕(かいこ)のような状態ですが、京都に帰ることができれば義朝に勝って大空に飛び立ち、よい政治を行ないます。大鳥神社の神様よ、私を守って京都に帰してください」。

『平治物語』によれば、京都での戦いにおいて、清盛に味方しようという武士たちは清盛の所に集まり、義朝に味方しようという者たちは義朝の所に集まっていました。頼政は同じ清和源氏の義朝方と見られていたのですが、しかし義朝の集団とは離れた六条河原に陣を取っていたそうです。それを見た義朝軍の先頭に立つ長男義平(よしひら)が、

にくい振舞(ふるまい)かな。我らはうちまけば平家に与(くみ)せんと、時宜(じぎ)をはかるとおぼゆるぞ、いざ蹴ちらして捨てん。

「気に入らない態度だ。私が負けたら清盛に味方しようと様子を見ているのだな、よしやっつけてやろう」と頼政に攻めかかったといいます。

たしかに頼政は最終的な決断はついていなかったらしく、でも義平に攻め立てられたので迎え討ち、結局は平家方に味方することになったのです。

当然、平治の乱においても恩賞はもらえません。

(4) 頼政、平清盛の援助・推薦で従三位に昇る

頼政、戦争は得意でなく、政治的判断力も劣る

以上のように見てくると、頼政は和歌には優れているけれど、武官の本領である戦争は巧みではなく、また政治的判断力と行動力も劣っていたと言えるのではないでしょうか。貴族には好感を持って迎えられているけれども、武官（武士）には評価されていなかった気配です。

鎌倉幕府の指導者の文武

いわゆる文武両道に優れているというのは、なかなか難しいものです。鎌倉幕府で言えば初代将軍の源頼朝は和歌が得意とは言えず、貴族の和歌のまねをする程度の力しかありませんでした（拙著『鎌倉時代の和歌に託した心　続』「源頼朝」の項）。巧みな政治力で北条氏を大権力者にした初代執権の北条時政や第二代の義時には和歌が残されていません。第三代将

軍源実朝は和歌で有名ですが、武士が日常に鍛えるべき武芸は大嫌いで、有力御家人から文句を言われています（拙著『鎌倉時代の和歌に託した心』「将軍源実朝」の項）。ただ第三代執権北条泰時だけは文武両道に優れており（拙著『鎌倉時代の和歌に託した心　続』「北条泰時」の項）、承久の乱で幕府方の総大将として後鳥羽上皇の大軍を破りました。また三年後の義時没の時には、本来は後継者ではなかったのに巧みに御家人たちの支持を得、また弟たちの不満を抑え、幕府の新体制を作って日本の安定に向かわせたのです。一方では上手な歌詠みで京都の僧明恵を感動させています。

現状に不満な頼政

二条天皇の時代、頼政は天皇の御所を警備する役に任ぜられました。当然その敷地には入れるのですけれども、建物の中に入って床に上がることは許されませんでした。これは内の昇殿といい、大変名誉なことであったのです。頼政は、なんとか内の昇殿を許してほしいと、天皇に仕える女房（女官）を通じて和歌を差し上げています。

人知れぬ　大内山の　山守は
　木隠れてのみ　月をみるかな
（『千載和歌集』）

「皆様に知られていない私のような内裏守護の役人は、きれいな月でも警備途中の木々の中で漏れてくる少しの影しか見えないのですよ。私は殿上に昇って陛下に拝謁させていただきたいと願っています」。この和歌では、天皇を月にたとえています。

しかし二条天皇には頼政の希望は叶えてもらえませんでした。

頼政、清盛のおかげで栄進

永万元年（一一六五）に二条天皇が亡くなり、その息子の六条天皇が即位するあたりから清盛の勢力がさらに増しました。翌年十一月には内大臣になっています。清盛は頼政に同情的で、その翌月の十二月には頼政の内の昇殿を認めてもらっています。そしてさらに翌月の仁安二年（一一六七）正月には従四位下、そのまた翌年十一月には従四位上に昇任となっているのです。続いて承安元年（一一七一）十二月には正四位下になりました。宮中の失火を消した功績だそうです。

以上の頼政の栄進は、すべて清盛の尽力です。今では源氏の代表格となっており、また和歌によって貴族に評判のよい頼政を担ぎ上げておくことが〝清盛政権〟のさらなる発展に役立つという政治的判断だったのでしょう。しかし頼政は自分の実力で栄進できた、とうぬぼれていた気配です。

念願の内の昇殿を許され、正四位下にまで引き上げてもらってしばらくはおとなしくしていた頼政でしたが、今度はさらに三位に昇りたいとの希望を抱くようになり、次のような和歌を公開するようになったと『平家物語』巻四は伝えています。それが次の和歌です。

上るべき　たよりなき身は　木のもとに
　しひを拾ひて　世を渡るかな

「椎の大木によじ登る手段のない私は、この木の下で小さい椎の実を拾って生活するしかないんですよ」。

「しひ」は「椎」であると同時に「四位」でもあって、三位という大木に上がりたいのに誰も助けてくれず、四位でもう拾（十）年も鬱々としています、と愚痴を言っているのです。

頼政、三位に昇る希望を抱き始める

頼政は自分が上手だと褒められている詠歌の力で昇任できると錯覚しているのです。

頼政、従三位に昇る

確かにこの歌が要人の目に止まり、頼政は従三位に昇ることができ、晴れて公卿と呼ばれる上級貴族への仲間入りを果たした、ということになりました。頼政はすでに七十五歳にもなっていました。

ところで、この時従一位右大臣だった九条兼実の日記『玉葉』治承二年（一一七八）十二月二十四日条に、次のように書いてあります。文中、「入道相国」とは「出家している清盛」という意味です。

九条兼実の驚き

今夜、頼政を三位に叙す。第一の珍事也。是、入道相国の奏請と云々。

「今夜、天皇は頼政を従三位に叙されました。驚くべき前代未聞のことです。これは清盛が推薦して申し入れたからだそうです」。

九条兼実や恐らく多くの貴族は、頼政は三位に昇れる実力あるいは家柄の人物ではないと思っていたのです。

清盛の推薦状

そして清盛の推薦状には次のようにあったと、『玉葉』同日条に書き残されています。すなわち、「源氏と平氏は国を守る本ですが、平氏は天皇のご恩を受けて勢威は盛んになっています。しかし源氏は逆賊の動きをしていてよくないです」。でも、頼政独り其の性正直、勇名を世にせらる。

「頼政だけは嘘偽りがなく天皇に尽くす性格で、勇者であるとの名声が世に広まっています」。

続いて清盛の推薦状に、「でも、いまだに三位に昇れていません。年はすでに七十代の半ばになっており、とてもかわいそうです。それに最近は重病にかかっているそうです。ですから黄泉の国に行く前に三位に昇らせてあげてくださいますように」とあります。

この清盛の懇願の結果、頼政は従三位に叙すという高倉天皇の勅を賜ったのです。ちなみに当時の高倉天皇の母は平清盛の妻の妹で、中宮は清盛の娘の徳子です。そして清盛は保元・平治の乱を勝ち抜き、以後も努力して武家出身では初めて太政大臣となるなど大勢力となっていました。今日、「平氏政権」と呼ばれる勢力絶頂期となったのは、この前年の治承元年（一一七七）からだったとされています。ですから清盛の〝懇願〟と頼政三位昇任も可能だったのです。

清盛は頼政の大恩人

正四位下に上げてもらってきたことも含めて、頼政にとって清盛は大恩人というべきでしょう。念願叶った頼政は、十一ヶ月後の翌年（治承二年、一一七八）十一月、やはり病気のために出家しました。そしてさらに翌年の治承三年（一一七九）、頼政は清盛に対して大恩知らずの行動を取ったのです。

⑸ 頼政、反清盛の挙兵をし、敗死する

頼政の大恩知らずの野望

頼政は、清盛が圧倒的な政治勢力・軍事勢力を持って日本全国を支配している様子を見て、自分もあのようにしたい、できるはずだと野望を抱いたのです。ただ中国などの外国と異なり、日本においてはあくまでも天皇の命令あるいは天皇に準ずる人の命令によってでなければ、その野望を実現するための行動の正当性は得られません。この時期においては後白河法皇が大きな力を有していたので、法皇の命令あるいはその意向を担がなければなりませんでした。しかしそれはなかなか難しいです。

以仁王の勝手な還俗

ところがここに後白河法皇の第三皇子である以仁王という人物がいました。仁平（にんぴょう）元年（一一五一）の生まれで、ちょうど二十歳でした。幼くして比叡山で出家しましたが、十三歳で勝手に山を下り、十五歳

でひそかに勝手に還俗（げんぞく）していました。

天皇の皇子は奈良時代から平安時代にどんどん増え、朝廷では困っていました。仮に親王にすると経済的負担が朝廷にかかってきます。また貴族たちがそれぞれの親王を担いで天皇にしようと争いもしきりに起きました。それで平安時代の末期には中宮の息子一人、事情によってはもう一人くらいを残して、あとの皇子はすべて比叡山等で出家させました。後白河法皇には皇子が十一人誕生しましたが、第一皇子（のちの二条天皇）と第四皇子（のちの高倉天皇です。清盛の甥であり娘婿ですから、もちろん出家させられません）を除いてすべて出家させました。以仁王もその一人です。これは天皇家の方針であり、朝廷の方針だったのです。以仁王は還俗してはいけなかったのです。

清盛の意地悪はない

こののち以仁王は八条院暲子内親王（はちじょういんあきこないしんのう）（鳥羽天皇の皇女。後白河法皇の異母妹）に泣きついて猶子（ゆうし）（「養子」の一つの形態）にしてもらい、その保護下に入りました。この内親王は鳥羽天皇から天皇家領の多数の荘園群を譲られた有力者でしたので、誰も以仁王には手をつけられなかったのです。その代わり、どこからも以仁王に親王の称号を与えようという声は出ませんでした。

よく言われるように、清盛が意地悪をして親王にさせなかったのではないのです。

頼政は現状に不満なはずの以仁王を焚きつけ、清盛を倒す旗頭にしました。そして頼政は全国の清和源氏を糾合しようと、平家打倒を命ずる令旨を以仁王に出させ、各地の源氏を中心とする武士たちに送りました。伊豆に流されていた源頼朝のもとにも送りました。

頼政、以仁王を担ぐ

まもなく頼政は以仁王を擁して平家打倒の挙兵を実行しました。治承四年（一一八〇）五月のことです。それを知って清盛はカンカンに怒りました。それはそうでしょう、軍人としての力がなく、政治的にも能力がない、ただ和歌が詠めるだけの頼政を、清盛は貴族たちの反対を押し切って従三位まで引き上げ、公卿と呼ばれる身分にしてやったのです。

頼政の挙兵と全滅

清盛は息子の知盛や重衡に大軍を与えて頼政軍を破らせました。頼政は以仁王とともに比叡山の園城寺に逃げました。園城寺は反清盛の雰囲気であったからです。

しかし頼政に逃げ込まれた園城寺では、いくら多数の僧兵を擁しているからといって、平家の大軍に勝ち目はないと、頼政たちを追い出してしまいました。やむを得ず、頼政たちは南下して奈良・熊野の方に逃げようとする途中、早くも宇治橋付近で平家軍のために全滅されられました。頼政は近くの平等院に入り、自害したのです。

頼政の辞世の句

自害に当たって、頼政は次のような辞世の句を詠みました。実は和歌を詠むどころではない切羽詰まった事態だったのですけれど、歌人なので前もって詠んであったのだと『平家物語』にはあります。

うもれ木の　花咲くことも　なかりしに
　身のなる果てぞ　悲しかりける

「地面の中に長年埋もれて石のようになってしまった木のように、世間から見捨てられていた私は花が咲くはずもなかったのに、このように一花咲かそうとあえて行動を起こし、やはりすばらしい実が実ることもなく終わってしまったことが悲しい」。

これも頼政の勘違いです。そんな実力などまったくないのに三位してもらって、立派に花が咲き実もなっていたのです。

おわりに

頼政は優れた武士の指導者・優れた歌人であり、また平清盛に圧迫されている後白河法皇の身代わりともいうべき以仁王を立てて清盛と戦いましたが、不運にも敗れてでした。

自害することになってしまった、気の毒だった、というのが現在までの一般の頼政評でした。

しかし第一に、頼政は優れた武士の指導者だったでしょうか。保元の乱では大した働きはしていないし、平治の乱では清盛につくか・義朝につくか様子見をしていて、結局清盛が優位と見て清盛についた、という経歴の持ち主です。そして一世一代の大仕事である以仁王を担いでの挙兵では、恥ずかしいくらい簡単に敗れ、逃げ込んだ園城寺からは追い出され、さらに逃げていく途中の平等院で自害ということになりました。巻き込まれた仲間や家来たちにとってまったく頼りにならない大将でした。

それなのに後世、優れた武将という評判がついて回っているのは、四位から三位に上がりたくてぐずぐず言っている頼政のことを「しょうがないやつだなあ」と思いつつ、しかし味方につけておくのが得策と、清盛が頼政のことを「勇名を世にせらる」とお世辞を言って三位にする理由とした推薦状を書いたこと（前述）に、後世の人間が騙(だま)されているのです。推薦のためには、何か褒めなければなりません。

でも九条兼実は武官としての頼政の実力をよく知っていて、「第一の珍事也」（前掲）とあきれ返っているのです。以仁王も頼政の犠牲者でした。

旧来の大勢力あるいは国を滅ぼし、新しい大勢力・国が成立すると、そこでは必ず旧勢力・国を悪者にし、非難します。旧勢力・国はよくない政治を行なって人々を苦しめたのを自分たちが出てきてよい政治を行なうようにしたのだ、ということです。ですから鎌倉時代には平氏政権は悪者でした。そこで作られた『平家物語』の清盛の悪人像が今日まで影響を及ぼしています。あるいは江戸幕府を倒した明治政府の統治下では、江戸幕府はよくない政府で、その幕府を創始した徳川家康は大悪人でした。

その家康悪人像が改められたのは、百年近くも経ってからの昭和三十年代に山岡荘八氏が大長編小説『徳川家康』を書いて、家康は組織を運営するのが上手だったと褒めてからです。

源頼政は平家一門を滅ぼした源頼朝に先立って挙兵し、武運つたなく敗れ去った、残念、ということで持ち上げられたにすぎません。気の毒ながら頼政は和歌が得意だっただけ、という人物でした。

7 慈円

～和歌を詠むのは私の癖と了解を求める～

★ 慈円関係系図

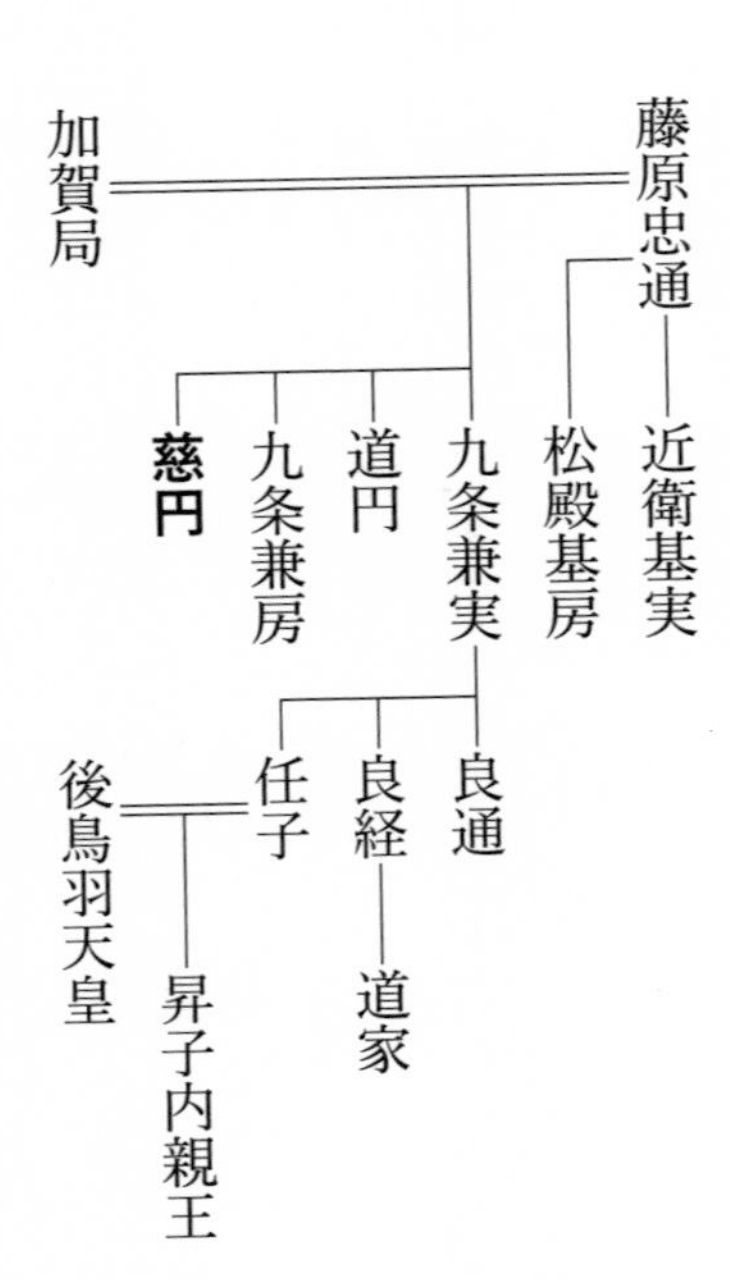

はじめに

慈円は、平安時代末期に関白藤原忠通の十一人の息子の末の男子として生まれました。同母兄に関白となり、平清盛・木曽義仲・源頼朝さらには後白河法皇とやりあって九条家の基礎を確立した兼実がいます（拙著『鎌倉時代の和歌に託した心　続』「九条兼実」の項）。しかしかわいそうなことに、慈円は二歳で母を亡くし、十歳で父を亡くしました。

慈円はまもなく天台宗の比叡山延暦寺で出家させられました。生き方に悩んだこともあったようですが、やがて僧侶の世界で生きる決心をしました。そして朝廷の実権を握っていた後鳥羽上皇の信頼も得て、天台宗のトップであり、延暦寺の住職でもある天台座主に就任しました。しかも四度にわたってです。

やがて兼実が亡くなり、その息子良通・良経も比較的早く亡くなると、良経の息子道家が取り残されました。慈円はこの道家を助けて九条家の復活に尽力しています。この中で執筆されたのが有名な歴史書の『愚管抄』です（多賀宗隼『慈円』吉川弘文館人物叢書、一九八九年）。

帝王意識の強い後鳥羽上皇は、鎌倉幕府も支配下に置こうとその準備も始めました。慈円を中心とする九条家はその動きに反対で、上皇からは冷たく扱われるようになりました。しかし鎌倉から攻め上った幕府軍のために上皇軍は敗れ、上皇は隠岐(おき)の島(しま)に流されてしまいました（拙著『鎌倉時代の和歌に託した心』「後鳥羽上皇」の項）。

おかげで九条家は無傷、さらに道家の息子が第四代将軍就任の含みで鎌倉にいますので、九条家は安定した勢力を維持できることになりました。

ここで注目すべきなのは、慈円は若いころから和歌を詠むことがとても好きだったということです。多作です。慈円の和歌は、まず私家集(しかしゅう)（自分の和歌だけを集めた歌集）である『拾玉集(しゅうぎょくしゅう)』に収めてあるほか、『千載和歌集』『新古今和歌集』以下十五の勅撰和歌集にも採用されています。もちろん『百人一首』にも入っています。その他に散見されるものも加えると四千首を超えるのです。

仏教界には、僧侶は俗世間的な楽しみはすべて捨てて仏道修行に専念すべきだという考えが強くあります。飲酒や碁や将棋なども同様でした。でもその考えは往々にして破られました。若い僧侶が弓矢で的を射て遊ぶなども禁止だったのですが、実際にはよく行なわれたようです。それらは絵巻物『一遍聖絵(いっぺんひじりえ)』などに描かれています。

そして和歌を詠むのも俗世間的な楽しみには入っていました。でも慈円は次のように言っています。和歌中、「敷島の道」とは「和歌を詠むこと」です。

人ごとに　ひとつはくせの　ありぞとよ
　我には許せ　敷島の道

「誰にだって一つくらいは癖というものがあるというじゃありませんか。和歌の道も私にとってはその癖のようなものですから、詠歌を認めてくださいよ」。

逆に言えば、このようなことを言わなければならないくらい、仏教界の内外に和歌を詠むことに眉をひそめる人たちがいたということです。

それはともかくとしても、本項では年代的にその和歌を追いつつ、慈円のその折々の心を見ていきます。

(1) 慈円の誕生と出家

慈円の誕生

慈円は関白藤原忠通を父とし、家の女房（侍女）加賀を母として久寿二年（一一五五）四月十五日に生まれました。加賀は従四位上藤原仲光の娘で、忠通に侍女として仕えていた女性です。加賀その人も貴族なのですが、四位・五位あるいは六位の貴族は三位以上の貴族のもとで働き、官位を昇らせてもらい、官職を与えてもらうよう努めたのです。男性ならば家司、女性ならば家の女房として働くことが多かったのです。

家の女房とは、部屋を与えられる侍女のことです。一般人より身分はずっと高いのです。仮に主人の家の娘が天皇の後宮に入るということになれば、主人の家来筋の貴族の女性たち数十人が女房として宮中に入り、主人の娘を盛り立てます。女房たちの家来の女性も女房を盛り立てるために多数が宮中に入りますから、全体としてはものすごい数になるということになります。

父忠通の三人の後継者

慈円が生まれた時、父忠通はすでに五十九歳でした。慈円には同母の兄が三人いました。長兄が有名な九条兼実です。慈円の六歳年上です。兼実は忠通の六男に当たります。次兄の道円は優れた人物で、兼実は大いに期待したそうですが、惜しいことに早死にしました。三兄の九条兼房は兼実の引き立てで従一位太政大臣まで昇りましたが、凡庸な人物で兼実の助けにはなりませんでした。

兼実が誕生した時、忠通にはすでに七人の男子がいましたが、その後継者の資格は正二位権大納言源国信（みなもとのくにのぶ）の娘信子（のぶこ）を母とする近衛基実（このえもとざね）、および、信子の妹俊子（としこ）を母とする松殿基房（まつどのもとふさ）に与えてありました。信子と俊子は正室ではありませんでしたが、正室からは一人の男子しか生まれておらず、その男子も早世していたのです。

そして忠通は、自分の晩年に男子を産んでくれた加賀を大切に思うあまり、兼実にも後継者の資格を与えたのです。これが関白近衛基実と関白松殿基房が亡くなったのち、それぞれに男子がいたにもかかわらず兼実が後継者に立つことができた理由です。

両親の早逝

ところが慈円が二歳の保元元年（一一五六）二月十日、母が亡くなってしまいました。わずか十ヶ月にも満たない、この世での一緒の生活でした。慈円は乳母ではなく、実母に育てられていた気配です（むろん、侍女たちが助けていたでしょう）。そして長寛（ちょうかん）二年（一一六四）、今度は父の忠通が亡くなりました。慈円は十歳でした。

少年あるいは成人してからの慈円には母の記憶はまったく残っていなかったでしょう。父親についても生きてさえいてくれたら、と幾度思ったことでしょうか。その気持ちは次の二首の和歌で窺うことができます。その二首の和歌の中で、「たらちね」

は「父」のこと、「たらちめ」は「母」のことです。

すみ染の　袖をぞしぼる　たらちねの
　あらましかばと　思つづけて

「悲しいこと・悔しいことのあるたびに法衣（ほうえ）の袖で涙をぬぐっています。お父さんさえ生きていてくれたらと思い続けています」。

少年から青年へと成長する慈円は、難問にぶつかるたびに、無条件に指導してくれるであろう父をいかに求めたことでしょうか。また次の和歌もあります。

いはけなき　そのかみ山に　別（わかれ）にし
　わがたらちめの　みちを知らばや

「幼いころに山で別れた私のお母さんの所へ行く道を、誰か知りませんか」。

「山に別にし」というのは母の葬送のことです。京都東山で葬送が行なわれることが多かったので、「山」は東山のことでしょうか。現代でも涙なしには読めない和歌です。

心ならずも出家

慈円は、永万元年（一一六五）に覚快法親王（かくかいほっしんのう）（鳥羽天皇の皇子）の室に入り、二年後に出家しました。十三歳でした。三年後には早くも僧侶の位の二番目である法眼(ほうげん)に叙せられています（僧侶の位は、上から法印(ほういん)・法眼・律師(りっし)という三段階があります）。関白の息子だからです。

修行の途中にはいろいろと生き方に悩むこともあったのでしょう。そしてやはり仏道に生きていこうと決心します。それに、慈円の生きる道はそれしかなかったのです。二十歳ころに次の和歌を詠んでいます。

何故に　思ひそむとは　あらずとも
　衣は墨の　色にまかせん

「どういう目的で出家の道に入ったのかということは特にあるわけではないのだけれども、これからは迷いを捨てて僧侶として強く生きていこう」。

修行に励む

こののち十数年間、ひたすら修行を続けます。次の和歌は文治三年（一一八七）、慈円三十三歳の時の和歌です。

朝夕に　かしらの火をも　払ふ哉
　うき世の事を　おもひけつとて

「毎日、いつ修行できない大事件が起きるかもしれない、その前に修行しておかなければという気持ちで懸命に励もう。世間のことは気にかけないようにしよう」。

実はこのころ、慈円の気を散らせる事件がいくつも起きています。二年前、兄の兼実は後白河法皇から内覧に任ぜられました。その直前に平清盛から息子の宗盛と、大勢力を続けてきた平氏一門が壇ノ浦で源頼朝軍のために全滅しています。おかげで頼朝と手を結んでいた右大臣兼実は朝廷の最有力者となったのです。さらに兼実は内覧に任ぜられた翌年の文治二年（一一八六）には摂政、三年後には太政大臣、建久二年（一一九一）には関白と栄転を続けていきます。

このように、めまぐるしい政治情勢の中で兄が事実上の最高権力者になり、慈円も天台宗でがんばろうと思った気配です。しかし天台宗にも俗世間の影響が十分に及んでいることが嫌になり、そこを抜け出して修行のみで生きようと葛城山の聖の世界に入ってみたこともありました。ところが、

　わが身こそ　かくしかねぬれ　かつらぎや
　　奥なる谷も　うき世なりけり

「教団も俗世間と同じ雰囲気だったので、その雰囲気を離れてほんとうに仏道のみに生きようと葛城山に登って聖として生きようと思いましたが、ここも同じ雰囲気でした。幻滅しました」という結果に終わり、比叡山に帰りました。文治四年（一一八

八）、三十四歳の時のことでした。

(2) 天台座主就任

慈円、天台座主となる

建久三年（一一九二）三月には後白河法皇が亡くなり（拙著『鎌倉時代の和歌に託した心』「後白河法皇」の項）、兼実は事実上の最高権力者となりました。そして弟の慈円を権僧正（ごんのそうじょう）・天台座主に任じたのです。

藤原俊成（ふじわらのとしなり）は、この天台座主就任お祝いの和歌を慈円に送っています。

みねの雪　こころの底を　ききし時
　山の主とは　かねてしりにき

「あの高い比叡山に積もっている雪に、慈円さんの天台座主就任を心の奥底ではどう思うか尋ねてみたら、『それは当然のことです、以前からわかっていました』という答えでした」。

俊成が兼実と親しかったことはわかっています。慈円にも好意をいだいていたのでしょう。それに最高権力者兼実の弟ではあり、またまじめに修行に励んだということも周囲にわかっていたでしょうから、この俊成の感想は多くの貴族に共通していたことと推測されます。

そして慈円は次のように和歌を俊成に返しています。

いさや雪を　かしらのうへに　うつすまで

山の主とも　おもふべき身か

「いやまあ、それは褒めすぎですよ。髪の毛が白くなるまで比叡山の主人として経営に励まなければならない私と心に決めていますよ」。

慈円、生涯で四回の座主就任

慈円は生涯に四度、天台座主に就任しています。第一回はこの時から建久七年（一一九六）一月、四十二歳までの五年間、第二回は建仁元年（一二〇一）二月から翌年七月までの二年間、第三回は建暦二年（一二一二）一月から翌年一月までの間、第四回は建保元年（一二一三）十一月から翌年までの二年間でした。

⑶　九条家の不運と復活への慈円の努力

兼実、土御門通親のために宮中を追われる

後白河法皇の没後、勢力を伸ばしてきた

土御門通親（つちみかどみちちか）は鎌倉の源頼朝と結んで兼実を圧迫し始めました。そして娘が寿永（じゅえい）二年（一一八三）から天皇になっていた後鳥羽天皇（拙著『鎌倉時代の和歌に託した心』「後鳥羽上皇」の項）の皇子を産むと、すぐさま皇位につけました。土御門天皇（つちみかどてんのう）です。建久九年（一一九八）のことでした。まもなく兼実は宮中から追い払われました。

後鳥羽上皇、九条家を必要とする

上皇となった後鳥羽は院政で力を振るいたいのですけれども、通親がそれを許しませんでした。しかし通親は建仁二年（一二〇二）に亡くなりました。権力を振るうためには九条家の力も必要と考えていた後鳥羽上皇は、慈円とも親しくして政治を進めていきました。それが慈円が四度も天台座主に就任した理由です。

(4) 慈円、後鳥羽上皇と親しく、のち離れる

後鳥羽上皇は摂津国の水無瀬(みなせ)(現在の大阪府三島郡島本町)に別荘を作り、ときどき気晴らしに遊びに行っていました。そこは水無瀬殿(みなせどの)と呼ばれ、上皇所有のいろいろな建物や寺院、側近たちの別荘も建つ広大な地域でした。

慈円、後鳥羽上皇の恩寵をこうむる

元久(げんきゅう)二年(一二〇五)十月、上皇が水無瀬殿でまた建物を建立した時、慈円は上皇にお祝いの和歌を詠んで差し上げました。上皇はお礼の和歌を返し、また慈円が差し上げ、上皇が返す、ということが続きました。次はその一部です。

慈円から上皇への和歌

君かくて　山端(やまのは)深き　住ゐせば
　ひとりうき世に　物や思はん

「上皇様がお気にいられた、このような山の奥深いところにお住みになるのでしたら、私は一人で浮世に戻り、物思いにふけります」。

上皇の慈円への返し

なほてらせ　ひとり此世に　君ををきて
　山端思ふ　心ふかさを
「そなた一人をやむなく世間に戻し、朕が一人で山の中にいて国のことを慮(おもんぱか)っている私の心の奥深さを、太陽よ、さらに照らし出してもらいたいものだ」。
　また次のような交換歌もあります。まず、慈円から上皇へ、です。
　もろともに　のべの露とや　消えなまし
　　君が恵(めぐみ)の　春にあはずば
「野原の草の朝露のように消えますよ。もし陛下のお恵みをいただける春に会うことができなければ」。
　上皇の返し
　　恵ゆへ　春の日影に　なれなれて
　　　消せぬ露を　あはれとぞ思ふ
「いつも暖かい春の陽の光に慣れ過ぎてしまい、一定の時間が過ぎたら消えなければいけないのに自分を消すことができない露をかわいそうだなあと朕は思うぞ。よく自分の立場を心得て、朕のために働いてくれ」。

「いろいろなことがあっても陛下に従っていきます」と慈円は言い、上皇も「わかったよ、そうしよう。でもあまり期待ばかりせずに働けよ」と答えているのです。

慈円、後鳥羽上皇から離れる

ところが、承久元年（一二一九）ころから、上皇との政治上の意見の相違・対立が表面化し、その仲は急に悪くなったのです。『慈鎮和尚伝』に次のようにあります。

上皇の叡慮、日を逐うて浅く、和尚の祈念、年にしたがって疎なり。宿世の業報驚くべからず。

「後鳥羽上皇の慈円を思うお気持ちは、どんどん浅くなり、慈円和尚が上皇のためにする釈迦如来・大日如来などへの祈祷は、年々回数が少なくなっていきました。これは前世からの因縁ですからやむを得ないのです」。

この承久元年、九条家の当主は兼実の孫である太政大臣道家でした。またこの年、鎌倉では第三代将軍源実朝が暗殺されました。そして次の第四代将軍にするという約束で道家の息子頼経が関東に下っています。やがて道家の息子が鎌倉幕府の支配者となります。京都と鎌倉はそれぞれ安定した状態を続けたいものです。道家の大叔父である慈円は、そのように願っていたはずです。

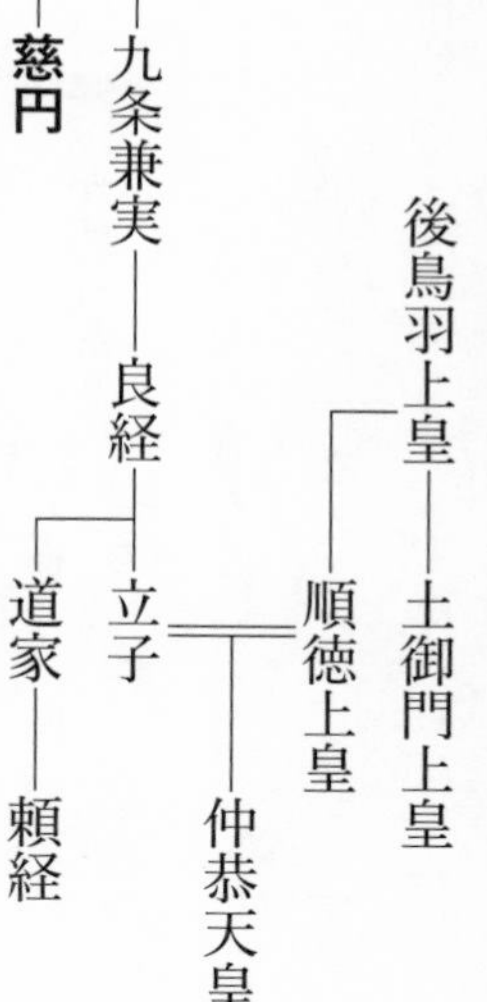

しかし後鳥羽上皇は幕府を直接の支配下に収めようとしました。幕府が言うことを聞かなければ軍事力で制圧するという姿勢も見せ始めたのです。慈円はしだいに上皇から離れていきます。またそのころから慈円は病気になり、その体調は悪くなっていきました。

『愚管抄』を執筆

承久の乱直前の承久二年（一二二〇）、慈円は『愚管抄』を書きました。これは日本の歴史について、初代天皇の神武天皇から第八十四代順徳天皇までの時代を貴族の時代から武士の時代への転換過程、と捉えて述べたものです。その展開を仏教の末法思想と道理の理念で筋立てたのです。そして摂関家と武家の鎌倉幕府とで作る政府が、この末法の時代に道理として必然的になされるものであるとしました。それによってこの時代の混乱が収まっていくと説いたのです。

朝廷には摂政・関白がいる、鎌倉には将軍がいるということを前提にした、もちろん九条家が日本を事実上支配するという論理です。「愚管抄」とは「私が重要と思うことをいくつかまとめました」という意味です。

この『愚管抄』は南北朝時代の北畠親房の『神皇正統記』と並び、中世でもっとも重要な歴史書とされています。ただ、『愚管抄』は九条家に伝えられ、九条家の者だけが読んだ書物でした。これが一般に知られるようになったのは江戸時代も後半に入ってからです。

⑸ 慈円、病気

慈円、体調が悪くなる

正確な原因はわかりませんが、慈円は歩行不自由となり、建保六年（一二一八）には牛車にての参内が許されることになりました。二年後の承久二年（一二二〇）には中風になってしまいました。六十六歳でした。『愚管抄』に次のようにあります。

待つべき事も頼もしくもなければ、今は、臨終正念にて疾く疾く頓をし侍りなばや、とのみこそ覚ゆれ。

「どうも体調が楽になりそうもない。この上は臨終の時に正しい姿勢で念仏を称え、迅速（じんそく）に極楽浄土往生をしたい、とだけ思っている」。

慈円がこのころに詠んだ和歌があります。

身にまとふ　きり吹はらふ　風もがな
　いざすみよしの　松にたづねん

「私の、この気分のうっとうしい霧のようなものを吹き払ってくれる風が吹いてもらいたいものだ。どうしたらその風が吹いてくれるか。住吉神社の境内に生えている松に尋ねに行きたい」。

慈円は承久三年（一二二一）から元仁元年（一二二四）までの四年間、日吉神社（ひえじんじゃ）（延暦寺の守護神社）、四天王寺（してんのうじ）（聖徳太子建立と伝えられる）、春日大社（かすがたいしゃ）（奈良にある藤原氏の氏神）に病気回復の願文を捧げています。

九条家、承久の乱の危機を乗り越える

体調不良ながら、慈円はなんとか過ごしていきました。承久の乱ののち、九条家が無事であったこともそれによい影響があったでしょう。貞応（じょうおう）元年（一二二二）から元仁（げんにん）元年

（一二二四）前後、慈円は悩みながらも何首もの和歌を詠んでいます。慈円六十九歳から七十歳です。

七十も　うき身に近く　くる秋の
　ひとり物思ふ　ゆふ暮の空

「もう七十歳が、この秋の季節のように、辛い人生の私にやってくる。一人であれこれと思い煩っている、一日の終わりの夕暮れの空を眺めながら」。

次に慈円の信仰を見てみましょう。

⑹　慈円の信仰

天台宗の指導者として

慈円はあくまでも天台宗の僧侶でした。四度も座主に就任したその指導者として、『法華経』とそれを説いたとされる釈迦如来を大切にし、また天台宗が取り入れてきた真言密教（しんごんみっきょう）とそれを統括する大日如来を崇拝していました。その公の目的は天皇および上皇を護る、ということでした。つまり中国以来の国家仏教の立場です。そのことを詠んだ慈円の和歌があります。

年をへて　君を祈れる　言の葉は
　　南無釈迦仏　大日如来

「何十年も天皇・上皇様のために祈ってきた言葉とは、『南無釈迦仏』と『南無大日如来』です」。

個人の願いとして

公の立場の釈迦如来・大日如来と並行して、慈円が個人として若いころからずっと信仰してきたのは阿弥陀仏でした。来世の極楽往生を願っています。

阿弥陀仏と　十度となへて　まどろまむ
　　やがてまことの　夢ともぞなる

「南無阿弥陀仏と十回称えて眠りに就こう。こうすれば夢の中で極楽に往生できるだろうし、これを続けていればその夢はほんとうのことになるだろう」。

「南無阿弥陀仏」と、念仏をやや小声で十回、一息に称えるのを「十念」といいます。法要においても日常的にも、この十念が尊重されました。

平安時代からの貴族たちの日常的な信仰は、「朝題目、夕念仏」でした。「朝題目」とは、朝には釈迦が説いた『法華経』の題目を唱えて釈迦に一日の幸せを祈り、眠る前には阿弥陀仏の念仏を称えて極楽往生を祈るというものでした。慈円の信仰はその貴族たちの信仰の典型的なあり方だったということができます。

慈円の没

嘉禄(かろく)元年（一二二五）九月二十五日、慈円は七十一歳で亡くなりました。

こののち、朝廷の最高権力は鎌倉時代末期まで西園寺(さいおんじ)家が握りましたが（拙著『鎌倉時代の和歌に託した心　続』「西園寺公経」の項）、九条家もそれなりに繁栄を続けていくことができました。

おわりに

慈円は関白藤原忠通の十一人の末子に生まれながら、しかも母は父の正妻ではなかったにもかかわらず、鎌倉時代初期の仏教界において、また政治の世界において、さらには歴史学の世界において大きな足跡を残しました。

なおかつ本書の主旨にとっても興味深いことは、慈円はその折々の思いを和歌に込めて記しておいたことです。それが四千首以上あり、しかも歌合のような競争のために作った和歌ばかりではなく、慈円の一生の一コマ一コマが浮かび上がるような和歌も多かったことです。

ですから、和歌だけで慈円の伝記を書くことはできませんが、その一生の思いをたどっていくことがかなり可能です。珍しい例ではあります。

8 土御門通親

〜源博陸（関白）と称された大政治家〜

★土御門通親関係系図

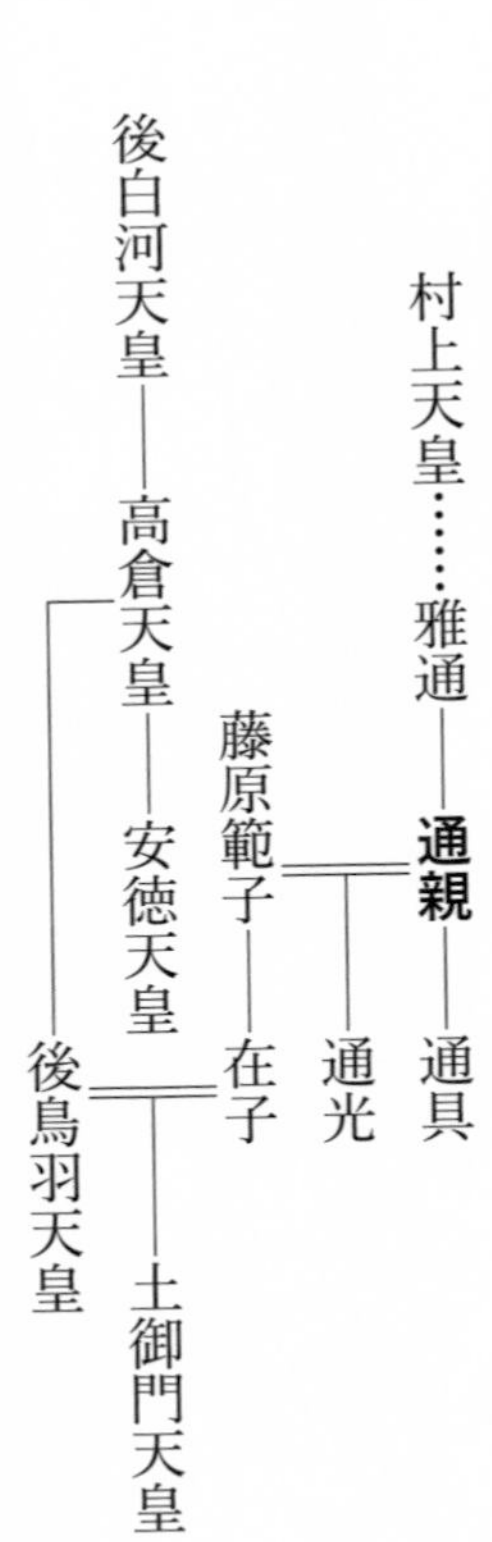
村上天皇
雅通
通親
藤原範子
通具
通光
在子
後白河天皇
高倉天皇
安徳天皇
後鳥羽天皇
土御門天皇

はじめに

土御門通親は久我通親ともいいます。通親は源氏ですので、源通親というのが正式な姓名です（「土御門」と「久我」は名字です）。ただ同じ源氏でも、源義家や源頼朝・義経らの清和源氏と異なり、村上天皇の子孫である村上源氏です（橋本義彦『源通親』吉川弘文館人物叢書、一九九二年）。

通親は平安時代末期から鎌倉時代初頭の政治的大混乱期を高倉天皇・平清盛・後白河法皇・九条兼実、さらには源頼朝らの支持を得て乗り切り、しだいに勢力を大きくしていきました。それは通親が持っていた政治的交渉力もさることながら、与えられた仕事は着実にこなすという意欲もしっかりと持っていたからです。そのために中級以下の貴族たちも味方につけることができたのです。

通親は後鳥羽天皇の乳母であった藤原範子を妻にしました（最初の妻ということではありません）。その連れ子の在子を天皇の後宮に入れ、そこに建久六年（一一九五）、為仁親王が生まれました。のちの土御門天皇です。翌年、通親は競争相手になっていた関白九条兼実とその娘で天皇の中宮だった任子を宮中から追放することができました。その中で同九年（一一九八）土御門天皇は即位しました。外祖父になった通親は正治元年（一一九九）に内大臣に就任し、「源博陸」と呼ばれて絶対的な権力を握りました。

通親は土御門天皇の外祖父ですから、摂政に任じられてもいいはずなのですが、当時の慣行により摂政・関白は藤原氏の人でなければ就任できませんでした。一方、中国では摂政・関白の立場の者を「博陸」と呼んだのです。それで源氏の摂政すなわち博陸ということで「源博陸」と通称されたのです。

(1) 通親の誕生と若い時代の活躍

通親の誕生

土御門通親は久安五年（一一四九）に村上源氏の嫡流に生まれました。父は正二位内大臣になった雅通です。そして通親は早くも保元三年（一一五八）、従五位下に叙されて、中級貴族の仲間入りをしました。多くの下級貴族たちが切望する叙爵（従五位下に叙してもらうこと）がわずか十歳でした。父の雅通はまだ四十一歳、この父も合わせて当時勢力を確立しつつあった後白河天皇に注目され始めたからのようです。たしかに、雅通はこの三年前に従三位、一年前に正三位と栄進して天皇を助けていました。

朝廷での存在感を高める

通親が叙爵された翌年には平清盛と源義朝が戦った平治の乱があり、引き続き清盛と後白河上皇が勢力を競っていました（拙著『鎌倉時代の和歌に託した心』「後白河法皇」の項）。通親は持って生まれた政治的判断力のよさで双方に信頼され、活躍を続けていました。それは第一に行なうべき仕事はきちんと行なうという態度が最高権力者のみならず、一般の貴族たちの支持も勝ち得ていたからです。

父雅通の屋敷での詠歌

二十歳前後のころ、通親が父雅通の屋敷で詠んだ和歌があります。『千載和歌集』に載るこの歌の詞書に次のようにあります。

久我内大臣の家にて、「身にかへて花を惜しむ」といへる心をよめる。

「久我内大臣雅通の家で、『私の一身に代えてでも、今きれいに咲いているこの桜の花を散らせたくない』」という心をテーマにして詠みました。

桜花　うき身にかふる　ためしあらば
　生きて散るをば　惜しまざらまし

「辛い現世に生きていて大したこともできないこの私です。もしそんな人間でも、桜の花が散るのを命に代えて止めることができる例が今までにあるなら、私は身を捨てましょう」。

若い通親の本気で仕事をしている様子が察せられる和歌です。

雅通の和歌

父の雅通も優れた歌人でした。彼には次のような『千載和歌集』に採用されている和歌があります。まず詞書から。文中、「三月尽（さんがつじん）」とは旧暦春の終わりの月である三月の、その晦日（みそか）（最後の日）のことです。

三月尽の心をよみ侍りける。

「三月尽について思うことを詠みます」。

入り日さす　山のはさへぞ　うらめしき
暮れずは春の　かへらましやは

「太陽が西に沈もうとしているのは残念だ。日がさしている山の端そのものも恨めしい。山の端がなければ今日の日も暮れず、春も帰れず、留まることになろうに」。

雅通は春を人に見立て、行ってしまわないでくれー、と三月の最後の日の夕暮れを見ているのです。

もう一つ、『千載和歌集』に収載されている雅通の和歌があります。今度は月を詠んだ和歌です。この和歌にも詞書があります。

思ふ事侍けるころ、月のいみじく明（あか）く侍ける夜よみ侍けり。

「いろいろ思い悩むことがあったころ、月がとても明るい夜に詠みました」。

かくばかり　憂き世中（よのなか）の　思ひ出に
見よとも澄める　夜半（よわ）の月かな

「これほどまでに苦しいことの多いこの世のことを、『あの世へ行ってからの思い出として見なさい』と言わんばかりに澄んでいる夜更けの月であることよ。俗世に対するあの月を見ていると心が洗われる。悩む心の救いとなる」。

雅通も政治上、あるいは私的にも思い悩むことが多かったのでしょう。それを夜半のあの清い澄んだ月が救ってくれる。彼はそのように思って月を眺めたというのです。この和歌が仮に歌合、競争のために作られた和歌であったにしても、雅通の実感であったように思われます。

⑵ 通親、後鳥羽上皇に信頼される

通親が正治二年（一二〇〇）、後鳥羽上皇に差し上げた和歌があります。

通親の後鳥羽上皇へ贈った和歌――青年時代

朝ごとに　汀（みぎわ）の氷　ふみわけて
　君につかふる　道ぞかしこき
（『新古今和歌集』）

「毎朝、川の水際に張った氷を踏み、道をつけて陛下のおられる皇居に通います。陛下にお仕えする臣下の道はもったいなく恐れ多いです」。

この和歌は通親の青年時代、高倉天皇の近臣として取り立てられ、また天皇の母建（けん）春門院（しゅんもんいん）（平滋子（たいらのしげこ）。平清盛の妻の妹）にも昇殿を許され、さらに清盛の娘徳子が天皇の女御として入内するに当たっては女御家の侍所別当（さぶらいどころべっとう）（警備役の長官）に任命されるなど、うれしい毎日でした。この和歌にはその時期の通親の緊張と、晴れがましい気持ちとが示されています。

⑶　優れた歌人の通親

優れた歌人でもあった通親は、そのころの貴族にも好まれた鶯（うぐいす）について　おもしろい和歌を詠んでいます。

人来鳥の和歌

春雨の　こころ細くも　ふる郷（さと）は
人（ひと）くといとふ　鳥のみぞ鳴く
（『夫木和歌抄（ふぼくわかしょう）』）

「春雨がしとしとと心細い感じで降っている故郷で、梅の花を見ていました。そこでは鶯が『ひとく、ひとく（人が来た、人が来た）』と、私が来るのを嫌がって鳴いているようでした」。

この通親の和歌は、『古今和歌集』にある、「よみびとしらず（誰が詠んだかわかりません）」の次の和歌を本歌にしています。

むめの花　見にこそきつれ　鶯の
ひとくひとくと　いとひしもをる

「梅の花をぜひ見たいと思ってやってきました。ところが人が来たのを嫌がって『人が来た、人が来た』と鳴く鶯もいました。鶯も梅の花を独り占めしたかったのです」。

鶯は、「ホーホケキョ」あるいは「ケキョ、ケキョ」、「チャッ、チャッ」と鳴いているように聞こえますが、平安時代の日本語の発音は「ひとく、ひとく」が「ケキョ、ケキョ」、「チャッ、チャッ」に近い発音だったのでしょうか。そこで鶯は「人来鳥(ひとくどり)」と呼ばれたそうです。

有明の月の和歌

また通親の次の和歌もあります。和歌の中で、「有明(ありあけ)の月」とは、「毎月の二十日以降の月」のこと。明け方もまだ沈まず、西の空に残っています。

　有明の　月をこずゑに　のこしおきて
　　花よりしらむ　み吉野の里

「有明の月を枝に残したまま、花の咲いているところから先に白み始めます、吉野の里では」。

この和歌は建仁元年（一二〇一）以降に成立した『三百六十番歌合』に載っています。歌詠みが一ヶ所に集まって詠歌を競ったのではなく、編者が各人の和歌を集めて成立させた紙上の歌合です。通親が実際にいつ詠んだかは不明です。

(4) 父雅通を偲ぶ

通親は時折、父雅通の墓所にお参りしていました。その墓所は山城国乙訓郡（おとくにぐん）久我（現在の京都府京都市伏見区久我本町）にありました。そこには久我家の領地および別荘があったのです。それで名字を「久我」としていました。

通親、父の墓にお参りする

『千載和歌集』に次の文があります。

春ころ、久我にまかれりけるついでに、父のおとどの墓所のあたりの花の散りけるを見て、むかし花を惜しみ侍りける心ざしなど思ひいでてよみ侍りける。

「春のころに、別荘のある久我に行ったついでに父のお墓にお参りをしました。そこには桜の花が散っていました。それを見て、父が健在のころ、父の屋敷で『身にかへて花を惜しむ』という心をテーマにした和歌を詠んだことを思い出しました」。

通親、父の桜好きを思い起こす

次の和歌は、その折に通親が父を偲んで詠んだものです。同じく『千載和歌集』にあります。

ちりつもる　苔の下にも　桜花

をしむ心や　なほのこるらん

「父のお墓の苔が生えた地面には、散った桜の花びらが積もっています。かつて父は桜の花が散るのを惜しんでいたものですが、このお墓の下にもその思いは残っているのでしょうね」。

なお、現在のように墓所に石の墓石を立てるのは江戸時代中期の元禄時代以降です。それ以前は、身分の高い貴族は法華堂の下に、多くの者は土饅頭形に土を積み上げ、その中に遺体を埋葬しました。

雅通の墓所は現代でも保存されています。

(5) 和歌所寄人の通親

和歌が好きでもあった通親は、「源博陸」となってから和歌活動を特に盛んに行なうようになりました。

『新古今和歌集』の和歌所寄人

通親は、藤原定家に中心になって働かせた京都歌壇（「歌壇」は歌人の集団のことです）の実質的な指導者後鳥羽上皇とともに、『新古今和歌集』の編集に大きな役割を果たしました。通親は次男の通具とともに上皇の和歌所寄人に選ばれています。

通親の没

しかし『新古今和歌集』の完成を見ることなく、通親は建仁二年（一二〇二）十月二十一日に亡くなりました。享年五十四歳でした。

通親の息子通具、『新古今和歌集』の選者となる

通具は、父や後鳥羽上皇主催の歌会で活躍しました。また父と同じく、上皇から和歌所寄人に任ぜられました。その上『新古今和歌集』選者六人の中にも選ばれていますが、これは通親の代理という意味合いが強いと見られています。

通具の和歌

通親が亡くなって二年後の元久元年（一二〇四）十月十日、後鳥羽上皇の和歌所で催された歌合で、通具は次の和歌を詠んでいます。

木の葉散る　時雨（しぐれ）やまがふ　我が袖に
　もろき涙の　色と見るまで
（『新古今和歌集』）

「木の葉が時雨に打たれて散っています。その紅く染まった雨が私の袖にかかり、混じり合って見分けがつかなくなりそうです。もろくも袖に落ちる悲しみの紅涙と」。

この元久元年十月は、父通親の三回忌の月です。「もろき涙」は父への思いが込められているでしょう。

通具は、最終的には官位官職として正二位大納言に任ぜられています。

おわりに

従来の歴史書では、土御門通親は冷たく扱われていたように見えます。それは同じ時代に生きた九条兼実が好意的に扱われているように見えるのと対照的です。兼実は平氏全盛の時代、兄二人が摂政・関白になって栄えたのに、自分は二十年間も右大臣に止め置かれ、学問に打ち込みつつも苦しい生活を送りました。それを新しい時代を作った源頼朝と結んだおかげで平氏を滅亡させることができ、自分は摂政・関白になることができ、娘の任子を後鳥羽天皇の中宮にして栄えました。しかも『玉葉』という日記を書いて今日の歴史研究に大いに貢献してくれています。

ところが、やがて関白を辞めさせられ任子ともども宮中を追い払われてしまいます。それは同時期に勢力を伸ばしてきた土御門通親の策謀のためだった、通親は陰険な男だ、あの努力家兼実を失脚させるなんて、ということで通親の評判が悪くなって今日に至っているのです。

しかし和歌を軸にして見た通親はなかなか好ましい人間性を持っていました。その政治的活動も再評価すべきではないか、と筆者は思うのです。

なお、日本曹洞宗の開祖として有名な道元（どうげん）は、通親の実の息子（六男）です。

＊著者紹介

今井雅晴（いまい　まさはる）

一九四二年、東京生まれ。東京教育大学大学院博士課程修了。茨城大学教授、筑波大学大学院教授、コロンビア大学・大連大学・カイロ大学・タシケント国立東洋学大学等の客員教授を経て、現在、筑波大学名誉教授、東国真宗研究所所長。専門は日本中世史、仏教史。文学博士。

著書　『鎌倉時代の人物群像』（筑波大学日本語・日本文化学類）。『中世を生きた日本人』（学生社）。『時宗成立史の研究』『捨聖一遍』『仏都鎌倉の一五〇年』（吉川弘文館）。『北条時政の願成就院創立』上、中、下（東国真宗研究所）。『鎌倉北条氏の女性たち』（教育評論社）。『親鸞の東国の風景』『日本文化の伝統とその心』（自照社出版）。『鎌倉時代の和歌に託した心』『鎌倉時代の和歌に託した心　続』『鎌倉時代の和歌に託した心　続々』（自照社）。ほか。

平安貴族の和歌に込めた思い
〜菅原道真・藤原道長・紫式部・清少納言・白河天皇・源頼政・慈円・土御門通親〜

2023年12月１日　第１刷発行

著　者　今井雅晴
発行者　鹿苑誓史
発行所　合同会社 自照社
〒520-0112 滋賀県大津市日吉台4-3-7
tel：077-507-8209 fax：077-507-9926
hp：https://jishosha.shop-pro.jp
印　刷　亜細亜印刷株式会社

ISBN978-4-910494-27-2

今井雅晴の本

鎌倉時代の和歌に託した心

西行・後白河法皇・静御前・藤原定家・後鳥羽上皇・源実朝・宗尊親王・親鸞

今井雅晴

鎌倉時代、その歴史に刻まれた行動の背景にはどのような思いがあったのか。残された和歌から、その心の深層を読み解く。

B6・192頁
1800円+税

鎌倉時代の和歌に託した心・続

建礼門院・源頼朝・九条兼実・鴨長明・後鳥羽院
宮内卿・宇都宮頼綱・北条泰時・西園寺公経

今井雅晴

シリーズ続篇。幼くして壇ノ浦に沈んだ安徳天皇の母・建礼門院や、法然門下の武将・宇都宮頼綱ら8人の〝思い〟に迫る。

B6・168頁
1800円+税

鎌倉時代の和歌に託した心・続々

八条院高倉・極楽寺重時・笠間時朝・後嵯峨
天皇・一遍・北条貞時・後醍醐天皇・足利尊氏

今井雅晴

完結篇となる本書では、時宗の開祖・一遍や、鎌倉幕府打倒を成した後醍醐天皇・足利尊氏ら8人の〝心〟に迫る。

B6・168頁
1800円+税

帰京後の親鸞～明日にともしびを～⑧

八十歳の親鸞

造悪無碍

今井雅晴

帰京後20年、社会的問題にもなっていた念仏者たちの〝造悪無碍〟の風潮に、聖人はどう向き合ったのか。

B6・96頁
1000円+税

親鸞聖人御誕生八百五十年・立教開宗八百年慶讃

親鸞聖人の一生

発行：築地本願寺、発売：自照社

今井雅晴

人々とともにお念仏に生き、今も人を導き続ける親鸞聖人。出会いと別れ、苦悩、葛藤、喜びに彩られた90年の生涯を偲ぶ。

B6・244頁
2000円+税